如果

诗词会讲故事

如果 **诗词** 会讲 **故事**

高 昌 —— 编著

中华诗词学会副会长

秦汉篇

朝華出版社
BLOSSOM PRESS

图书在版编目（CIP）数据

如果诗词会讲故事 . 秦汉篇 / 高昌编著 . -- 北京：
朝华出版社 , 2023.8（2024.5重印）
ISBN 978-7-5054-4749-3

Ⅰ . ①如… Ⅱ . ①高… Ⅲ . ①古典诗歌—诗歌欣赏—
中国—儿童读物 Ⅳ . ① I207.2-49

中国国家版本馆 CIP 数据核字 (2023) 第 068538 号

如果诗词会讲故事（秦汉篇）

作　　者　高　昌

选题策划　王晓丹
责任编辑　刘　莎
责任印制　陆竞赢　崔　航

出版发行　朝华出版社
社　　址　北京市西城区百万庄大街 24 号　　邮政编码　100037
订购电话　（010）68996522
传　　真　（010）88415258（发行部）
联系版权　zhbq@cicg.org.cn
网　　址　http://zhcb.cicg.org.cn
印　　刷　天津市光明印务有限公司
经　　销　全国新华书店
开　　本　710 mm×1000 mm　1/16　　　　字　　数　89 千字
印　　张　10
版　　次　2023 年 8 月第 1 版　2024 年 5 月第 2 次印刷
装　　别　平
书　　号　ISBN 978-7-5054-4749-3
定　　价　49.00 元

高昌伯伯的话

　　我们的中国是一个诗国，我们的民族是一个富有想象力和审美精神、充满智慧和感情魅力的民族。上下五千年的瑰丽的文明史，出现了数不胜数的优美诗篇和灿若繁星的优秀诗人，也流传下来不胜枚举的诗词故事。

　　诗词里的中国故事，美好；故事里的诗词中国，精彩。我给小读者们挑选和讲述这些诗词故事，期待能引导孩子们从更多维的角度感受中华诗词之美，深刻感悟跨越时空的诗意和浪漫情怀。

　　中华诗词史，实际上也是中华民族的精神谱系和心灵史册。一路风雨，一路跋涉，一串串闪光的美好足迹，一道道绚丽的时代彩虹，见证着中华诗词的生生不息。此时此刻，回望芬芳蕴藉的风雅来路，顿觉赏心悦目，沉醉不已。中华诗词是中华文化基因中最鲜活、最灵动、最炽热的一份感动，是中华情、中国梦的美好记忆和美丽载体。那根温柔敦厚的琴弦就藏在我们每个人的心间，那些悲悯、善良、真挚、美好的旋律就回荡在我们的耳边，那一个个时代的精神分量、审美经验和生活智慧，指引着我们向前的步伐。历久弥新，长盛不衰，薪火相传，光明普照。

古典文化中有值得继承的文化精华，但也不能囫囵吞枣地全盘吸收这些东西。科学与民主的圣火不熄，自由和光明的追求永不过时。在历代传诵的诗词故事中，冷静思考一下时代局限下的经验和教训，也是一种必要的文化反省和历史反思。所以"分析和思考"，是我想和小读者讲的第一点悄悄话。

我想起杜甫《望岳》中的两句诗："会当凌绝顶，一览众山小。"希望小读者们要有"会当凌绝顶"的肝胆豪情，以及"一览众山小"的宏伟志向。所以"胸襟"和"格局"，是我想和小读者说的第二点悄悄话。

锦绣年华，前途无量。诗谊久久，来日方长。我用杜甫《望岳》诗韵写了一首小诗，附在本文最后，和各位亲爱的小读者共勉：

> 百劫美如斯，三生情不了。
>
> 风雷出莽苍，星斗罗分晓。
>
> 横地拔奇峰，压云穿健鸟。
>
> 起看清格高，知是乾坤小。

目录

刻石颂功

琅琊刻石

[秦] 李 斯

六合之内，皇帝之土。东到大海，西涉流沙。
南及北户，北过大夏。人迹所至，莫不臣服。
秦德昭昭，秦威烈烈。恩德所至，泽及牛马。

公元前238年，秦王嬴政开始亲政，他经过周密部署，开始了统一天下的战争。当时的主要国家除了秦国，还有齐、楚、燕、韩、赵、魏六个国家。嬴政对他们采取了远交近攻的战略，确定了先征服弱国、后对付强国，先战胜近国、后讨伐远国的具体步骤。

公元前230年，秦国攻打了离自己最近，力量也最弱的韩国。韩王投降，韩国成为最先被灭掉的国家。接着，秦王派间谍进行挑拨，挑起燕国和赵国之间的战争。等两国打起来了，秦国就以支援燕国的名义，开始向邻国赵国发起猛攻。因为赵国名将李牧率领的军队英勇善战，秦军一时难以取胜，秦国就使用反间计，花费重金收买赵国的内奸诬陷李牧谋反，赵王把李牧杀害了，结果再也挡不住秦军，只好于公元前228年打开国都邯郸的城门投降，赵国灭亡。

秦军占领赵国后，列阵在燕国边境。燕王害怕自己成为秦国下一个进攻的目标，于是，公元前227年，燕太子丹派刺客荆轲前去刺杀秦王。行动失败后，秦国进攻燕国，于公元前226年占领燕国

1

都城蓟（今北京市）。燕王与太子丹逃亡到辽东郡，燕王听信谗言，为向秦国求和，杀了太子丹，取其首级献给秦国。

公元前225年，秦王派兵进攻邻近的弱国魏国。魏国的都城大梁（今河南省开封市）城垣坚固，坚守了一段时间。秦军引来黄河和鸿沟两条河里的水冲灌大梁城，城垣崩塌，魏王被秦将杀掉，魏国灭亡。

接着，秦军准备大举进攻楚国。秦王问身边武将，灭楚需要多少人马。年轻将领李信答复说："不过用二十万人。"老将王翦（jiǎn）则说："非六十万人不可。"秦王说："王老将军老矣，何怯也！李将军果势壮勇，其言是也。"于是，就派李信为秦军统帅，带兵攻楚。结果李信战败，秦王知道自己选人有误，就亲自去王翦家乡，重新请出王翦，让他继续担任秦帅。为了让秦王不疑心，王翦故意

如果诗词会讲故事·秦汉篇

请求秦王多赐给田宅作为奖励。王翦根据自己的经验，攻打楚国时，命令部队构筑坚垒，固守不战。双方相持不下，楚军首先失去耐心前来进攻，最后被王翦抓住机会，一举反攻，楚都寿春（今安徽省淮南市寿县）很快被秦军攻陷，楚王被俘。这样，经过一年多的作战，强国楚国也于公元前223年灭亡了。

公元前222年，秦王派王贲（bēn）率军进攻辽东，俘虏燕王，燕国灭亡。

当时，齐国和秦国没有共同边界，中间隔着其他国家，所以在秦军攻击韩、赵、燕、魏、楚国的时候，齐国一直坐视不管。赵国曾经向齐国请求援助，当时齐国和楚国都还没有卷入战争。齐国的大臣曾劝齐王说："夫赵之与齐、楚，扞（hàn）蔽也，犹齿之有唇也，唇亡则齿寒，今日亡赵，明日患及齐、楚矣。"意思是说：赵国和齐国、楚国就像嘴唇和牙齿的关系，如果不救赵国，下一步秦国就会威胁到齐国和楚国了。这就是成语"唇亡齿寒"的来历。但是齐王怕得罪秦国，不肯采纳这一建议，没有去援助赵国。后来秦国攻击其他国家的时候，齐国还很庆幸自己没有受到攻击。

由于秦国多年来用财物贿（huì）赂齐国大臣，齐国进入了远交近攻的圈套，长期不做战争准备，也不练兵。结果到了公元前221年，秦军突然向齐国北境进攻，后来又直接攻打齐都临淄（今山东省淄博市），齐王身边竟然没有应战之兵，只好不战而降。后来齐王被秦王囚禁在边远之地，活活饿死了。

这样，秦王嬴政用了不到十年时间统一六国，创建了中国历史上第一个统一的封建王朝——秦朝。秦王自称"始皇帝"，后世称其为"秦始皇"。

相传，为了记载自己的功绩，秦始皇命丞相李斯把自己的功绩刻录在名山的石头上。在《琅琊刻石》中有这样的诗句：

六合之内，皇帝之土。东到大海，西涉流沙。

南及北户，北过大夏。人迹所至，莫不臣服。

秦德昭昭，秦威烈烈。恩德所至，泽及牛马。

诗的意思是说：在天地和东南西北之间，都是秦朝的土地。只要有人的地方，一切都要服从秦朝的统治。这首诗真是目空一切，霸气十足。

山高几许

三秦民谣

[秦] 佚 名

武功太白，去天三百。
孤云两角，去天一握。
山水险阻，黄金子午。
蛇盘鸟栊，势与天通。

在武功县东南，距离秦代都城咸阳（今陕西省咸阳市）约二百里的地方，有一座高山名叫太白山。这座山的山顶终年积雪不化，太阳照射下雪光闪烁，银辉四射，景色壮丽，所以被称为"太白山"。太白山高几许？古时候没有精密仪器，谁也说不上来太白山有多高。可是，有一位不知名的秦代诗人，编了一首《三秦民谣》，告诉了我们答案：

武功太白，去天三百。

孤云两角，去天一握。

山水险阻，黄金子午。

蛇盘鸟栊，势与天通。

这首民谣的意思是说：武功太白啊山高几许？离天不远啊只三百尺。太白山上啊浮云两朵，离天更近啊只有一握。山高水深啊地势险阻，交通要道啊子午深谷。蛇般曲折啊鸟般盘旋，气势恢宏啊高耸接天。民谣的作者运用丰富的想象力，用豁达豪迈的文笔生动描绘了太白山的高峻。

这位民谣作者采用的手法非常巧妙。当时的人们无法测量从地面到山顶的距离，但他采用另一种思路——描写从山顶到天空的距离。谁也无法验证和实际测量从山顶到天空的准确距离，但诗人通过这种看似不讲理的方式，侧面烘托了太白山的巍峨雄姿。好多人都把这首秦朝民谣当作描述太白山高度的"标准"说法。比如，元代的胡三省说："武功县有太乙山……亦曰太白山……不知其高几何。俗云：'武功太白，去天三百。'"明代的王士性说："太白极高，上有积雪，盛夏不消。谚云：'武功太白，去天三百。'"

太白山是我国著名的秦岭山脉的主峰，通过现代科学方法来检测，人们已经知道这座山的实际高度是海拔 3771.2 米。秦岭山脉既是我国南方和北方的区域分界线和气候分界线，也是长江、黄河两大水系的分水岭。说太白山"山水险阻，黄金子午"，也确实是名副其实。

古人认为太白山是一座"能兴云致雨、息涝弭（mǐ）灾"的灵山，还给太白山的山神封了称号。唐代叫"神应公""灵应公"，宋代把山神的级别降了一级，改封"济民侯"。这时诗人苏轼到陕西凤翔府任判官，遇到一场长达半年的大旱灾。苏轼听说太白山的山神爱惜老百姓，就动员太守一起到太白山上举行祈雨仪式，他还亲自写了一篇《凤翔府太白山祈雨祝文》。也是凑巧，他们举办完仪式回城的路上，天上就黑云翻滚，苏轼高兴地赋诗一首：

> 太守亲从千骑祷，神翁远借一杯清。
>
> 云阴黯黯将嘘遍，雨意昏昏欲酝成。
>
> 已觉微风吹袂（mèi）冷，不堪残日傍山明。
>
> 今年秋熟君知否，应向江南饱食粳。

当夜果真下了一场蒙蒙细雨，旱象略微缓解，但还不足以解除整个旱灾。苏轼询问老百姓才知道，太白山的山神级别从唐代的"公"降级为了宋代的"侯"。苏轼认为朝廷把山神降了级别，所以得罪了神仙，他赶紧起草一封《乞封太白山神状》。恰在此时，天上突降大雨，而且连降三天。苏轼高兴地把府衙（yá）的一个亭子命名为"喜雨亭"，还专门写了一篇文章《喜雨亭记》。后来，朝廷依照苏轼的请求，为山神恢复级别，复封太白山山神为"明应公"。苏轼祈雨得雨的故事只是一个美丽的传说，并不是真事，但也侧面反映了古代百姓对太白山的喜爱和敬仰。

沙丘矫诏

秦世谣

[秦] 佚 名

秦始皇，何彊梁。
开吾户，据吾床。
饮吾酒，唾吾浆。
飧吾饭，以为粮。
张吾弓，射东墙。
前至沙丘当灭亡。

  这首《秦世谣》，是秦代老百姓偷偷传唱的一首民谣。秦始皇统一六国之后，对老百姓的压迫非常严重。老百姓就编了这首民谣控诉和诅咒他。没想到，秦始皇巡游到沙丘的时候，还真出事了。

  公元前210年，秦始皇最后一次出巡时，半路上得了重病。来到一个叫沙丘的地方时，他感到自己支持不下去了，就下诏书给自己的大儿子扶苏："我死后你要回到都城咸阳主持我的后事。"这其实是想让扶苏做自己的继承人。

  他留下这封诏书就去世了。可当时扶苏并不在他身边，而是在很远的北方带兵。这份诏书落到了奸臣赵高的手里。赵高平时和扶苏关系不好，他就联合丞相李斯，隐瞒秦始皇的死讯，还伪造了一份诏书，说秦始皇让小儿子胡亥接替皇位，还以秦始皇的名义逼迫

如果诗词会讲故事·秦汉篇

长子扶苏自杀。这件事情被历史学家称作"沙丘矫诏"，就是在沙丘伪造和修改诏书的意思。

赵高等人伪造好诏书之后，把秦始皇的尸体藏在豪华的车里，摆出继续出巡的架势，绕道往都城咸阳飞奔。为了继续欺骗人们，他们还像过去那样让沿途的地方官每天到秦始皇的车前奏报工作，大家都不知道秦始皇其实已经去世了。

当时正是七月，天气炎热，秦始皇的尸体很快就发出臭味。赵高和李斯就想了个办法，让随从们往车上装了许多鲍鱼。鲍鱼的臭味遮掩了死尸的臭味，就这样一路隐瞒，直到回了咸阳，接到了扶苏自杀的消息，才开始为秦始皇操办丧事。随后，胡亥继位做了秦朝的第二位皇帝，史称"秦二世"。

赵高掌握大权，怕大臣们不服自己，于是就想看看谁顺从自己，谁和自己不是一条心。于是，有一天上朝时，他命人牵着一头鹿来到朝堂，对秦二世说："陛下，有人送我一匹好马，我特地来献给您。"

秦二世笑着说："这是一头鹿啊，你怎么说是一匹马呢？"

赵高用严厉的目光扫了一遍堂上的大臣，坚决地说："这就是一匹好马，您若不信，可以问问大臣们，让他们看看这是鹿还是马。"

有的大臣和赵高是一伙儿的，他们听赵高坚持说那是马，就一起附和，说赵高说得对，那就是一匹马。有一些大臣很正直，不愿意跟着赵高说假话，就急切地反驳说："不对，不对，这是一头鹿！"

谁也没想到，赵高早已经暗中安排了人，把大家的回答都一一记录下来。退朝之后，谁在朝堂上说过是鹿，谁就受到迫害，谁在朝堂上说过是马，谁就受到奖励。从此，谁也不敢在朝堂上提出跟赵高不一样的意见。这就是成语"指鹿为马"的来历。

秦始皇时民歌

[秦] 佚 名

生男慎勿举，生女哺用脯。
不见长城下，尸骸相支拄。

秦始皇时期，有一首民谣非常凄惨，是这样写的：

生男慎勿举，生女哺用脯（fǔ）。

不见长城下，尸骸相支拄。

意思是说：生了男孩就别养育他，生了女孩就用干肉喂养她。男孩养了也是白养，你没看到吗？那长城下面，都是用男子们的尸骨支撑的呀！

这首歌谣控诉了秦始皇的残暴，反映了老百姓的悲惨。传说，那时候有一个美丽的江南女孩，名叫孟姜女。有一回，她救了一个逃难的男孩，那个男孩名叫范喜良。原来，秦始皇正到处抓人服劳役，连打带骂地让这些人去修长城。当时天气很冷，人们肚子又饿，干的活儿还很重，好多人都死在长城脚下。所以，范喜良为了活命，就偷偷地从家里跑了出来。

孟姜女很同情范喜良，就把他藏在自己家的葡萄架下，躲过了官兵的搜查。后来他们俩互相喜欢，征得父母同意，喜结连理。两人办喜事那天，彩云飘飘，喜气洋洋。宾客们刚开始摆宴庆贺，突

11

然闯进来一队士兵。范喜良没有来得及躲避，就被他们抓了起来。士兵们用锁链锁着范喜良和其他被抓来的劳工，一直向北，带到长城脚下，让他们补上死去的那些人的空缺，继续修筑长城。

好多天过去了，孟姜女还没有得到范喜良的音信。看着秋风四起，天气一天比一天凉，她想起丈夫被抓走时身上穿的还是夏天的衣服，非常单薄，根本禁不住秋风侵袭。于是，她准备好粗布和棉花，连夜为范喜良赶做了一身棉衣，随后收拾行装，立刻启程给丈夫送过去。

那时候没有什么交通工具，只能靠双脚步行。孟姜女走啊走啊，一路上吃了好多好多苦，才终于来到修筑长城的工地上。这时长城已经修起来了，一段段城墙巍峨坚固，不知道凝聚了多少劳工的血汗。孟姜女在忙碌的工地上到处打听，但始终找不到范喜良在哪里。一个好心的劳工告诉她："范喜良已经累死了，被埋在了长城下面。"

孟姜女听到这个消息，心如刀绞（jiǎo），非常悲痛。她忍不住坐在地上，向着长城大哭起来。她哭啊哭啊，一连哭了三天三夜。哭到最后，眼里流出的不是泪，而是殷红的鲜血。她的嗓子越哭越哑，最后几乎发不出声音。此时，身边忽然响起一声巨雷，大地上刮起一阵大风，长城的城墙哗啦啦地响着，轰地倒了下来。孟姜女一眼就看到埋在石头底下的范喜良的尸骨，扑上去继续大哭。她的血泪洒在范喜良身上，范喜良的身体渐渐活动，眼睛慢慢睁开，又活了过来。这时云中飞来一只大鸟，范喜良和孟姜女变成神仙，骑着这只大鸟飞走了。

　　现在我们去秦皇岛旅游，会看到一个纪念孟姜女的孟姜女庙。庙前有一副对联很有意思，上联是"海水朝朝朝朝朝朝朝落"，下联是"浮云长长长长长长长消"。这是一副著名的谐音对。一般读作：

　　　　海水朝（cháo），朝朝（zhāo）朝 (cháo)，朝（zhāo）朝 (cháo) 朝（zhāo）落；

　　　　浮云长（zhǎng），长长（cháng）长（zhǎng），长（cháng）长（zhǎng) 长（cháng）消。

圯下拾履

军谶^①

[秦] 黄石公

能柔能刚，其国弥光；
能弱能强，其国弥彰。
纯柔纯弱，其国必削；
纯刚纯强，其国必亡。

注释

① 军谶（chèn）：治军格言。

张良是汉高祖刘邦的军师，他的祖先是韩国人。秦国把韩国灭了之后，张良立志为韩国报仇。有一次，他带人拿着一件重达一百二十斤的大铁椎（zhuī）埋伏在博浪沙，准备刺杀秦始皇。可惜大铁椎投出去没有击中。秦始皇派人到处抓捕刺客，他只好逃到下邳（pī），悄悄躲起来。

有一天，他到下邳的一座桥上散步，碰到一个奇怪的老人。老人穿着粗布短衣，看起来又脏又穷。老人在远处上上下下地打量了张良一番，然后走到张良旁边，故意把鞋子掉到桥底下。他回过头来，冲着张良很不客气地喊道："孩子，到桥下面去，给我把鞋子拾上来！"

张良吓了一跳，吃惊地看了老人一眼，本想拒绝他，但一看他

如果诗词会讲故事·秦汉篇

年纪那么大了，就没有说出拒绝的话，而是耐心地绕到桥下，把老人那双鞋子捡了上来，交给他。

没想到，老人把身子靠在桥栏杆上，把脚丫子抬得老高，命令张良说："孩子，你把鞋子给我穿上！"

张良想：这个老人可能腰不好，弯腰穿鞋不方便。既然已经帮他把鞋子捡上来了，那就帮他穿上吧。于是就蹲在地上给他穿鞋。

那老人笑嘻嘻地伸着脚，一直到张良帮他把鞋穿好，才晃晃悠悠地离开。可是没一会儿，那老人又晃晃悠悠地返回来。他看张良还站在桥上，就对张良说："我看你懂得尊敬老人，挺有礼貌的，是个好孩子。我很愿意教你一些本事。这样吧，五天以后天一亮，你到这座桥上来见我。"

张良很尊敬地行了一个礼，就向老人告辞了。到了第五天约定的时间，张良赶到桥上一看，那位老人已经早早地等在那里了。他一看见张良就开始发火："跟老人约定见面，你怎么能迟到呢？五天以后的早晨你再来吧！"说完，老人扭头离开。

又过了五天，鸡一叫，张良就赶到桥上，可是没想到那位老人又提前到了，他又跟张良发了一大通脾气："怎么又在我后面到？再过五天吧！"

张良没有发火，也没有灰心，而是暗暗下定决心：再也不能晚了！

又过了五天，张良没到半夜就动身。他在桥上恭恭敬敬地等了一个晚上，那位老人才慢吞吞地走过来。老人很高兴地夸奖了张良一番，答应了张良拜他为师的要求，告诉张良自己叫黄石公，还送给张良一本名叫《太公兵法》的书，叫他回去认真研读，说完就不再理睬他，头也不回地走远了。

张良认真学习和研究这本《太公兵法》，后来为汉朝的建立立了很多大功。

古代人把"桥"称作"圯"（yí），把"鞋"称作"履"，所以这个张良拜师的故事，就被人们称作"圯下拾履"。

据传，《三略》为黄石公所撰，后被称为《黄石公三略》，其中的《军谶》，就是以诗歌的形式呈现的。比如：

　　能柔能刚，其国弥光；

　　能弱能强，其国弥彰。

　　纯柔纯弱，其国必削；

　　纯刚纯强，其国必亡。

"军谶"就是治军格言的意思。这几句话很浅显，讲述的是把握刚柔和强弱平衡的道理。

垓下哀歌

垓^①下歌

[秦] 项 羽

力拔山兮^②气盖世。时不利兮骓^③不逝。
骓不逝兮可奈何^④！虞^⑤兮虞兮奈若何^⑥！

注释

① 垓（gāi）下：古地名，在今安徽省灵璧县东南。
② 兮：文言助词，类似于现代汉语的"啊"或"呀"。
③ 骓（zhuī）：意为顶级宝马。
④ 奈何：怎样，怎么办。
⑤ 虞：即虞姬。
⑥ 奈若何：拿你怎么办。若，你。

项籍是楚地下相（今江苏省宿迁市）人，字羽，人们都称他为项羽。他小时候一直跟着他的叔父项梁学习。叔父让他学习认字，才学了两天他就放弃。后来叔父又找人教他练剑，他练了几天，就又不练了。项梁很生气，项羽却辩解说："写字，能够用来记姓名就行了；剑术，也只能对付一个对手。两者都不值得学。我要学习能够对付上万人的大本领！"于是，项梁就开始教项羽兵法。

公元前 209 年，项羽二十四岁，和叔父一起参加反抗秦朝统治的起义军。起义军队伍一路壮大，终于推翻秦朝的统治，项羽自封为"西楚霸王"。当时还有另一股反秦起义军，由汉王刘邦领导。楚、汉长久相持，胜负未决。后来，汉王派一位名叫侯公的说客去

劝说项羽，说好以鸿沟为界，鸿沟以西的地方划归汉，鸿沟以东的地方划归楚。中国象棋棋盘中间的界线称为"鸿沟"，或者称为"楚河汉界"，就是从这段历史故事里来的。

项羽订约之后就带上队伍东归。这时候，汉军士气旺盛，粮草充足，楚军士卒疲惫，粮食不足。汉王也想撤兵西去，他的部下陈平和张良就劝他，不如趁机把楚军全部消灭，一举统一天下。他们说如果现在放走项羽，就是养虎为患，即纵容敌人，留下后患，自己反受其害。

汉王刘邦听从他们的建议，立即带领兵马前去追击项羽的军队，将项羽的军队团团包围在垓下，史称"十面埋伏"。深夜，项羽忽然听到汉军都在唱着楚地的民歌，大吃一惊，说道："难道汉军已经完全占领了楚地？怎么他们队伍里的楚国人这么多呢？"他的士兵们也是这样想的。听着四面不断传来的楚歌，楚军渐渐丧失斗志。

如果诗词会讲故事·秦汉篇

这就是成语"四面楚歌"的来历，现在经常用"四面楚歌"来形容四面受敌，处于孤立窘（jiǒng）迫的境地。

项羽忧愁地坐在帐中饮酒，看看身边的美女虞姬，想想一直跟随自己的骏马乌骓，他一边喝酒，一边唱出一首《垓下歌》：

　　力拔山兮气盖世。时不利兮骓不逝。

　　骓不逝兮可奈何！虞兮虞兮奈若何！

意思是说：我的力气能够拔山，我的气概无人可比。只是时运不顺利呀，乌骓马无法奔驰。乌骓马无法奔驰，我可怎么办啊？虞姬啊虞姬，安排你是个难题。

虞姬听懂了项羽歌声中的无奈和悲怆。她默默拿起一把宝剑，跟着项羽的歌声翩翩起舞。一曲舞毕，挥剑自杀。而项羽骑着乌骓马逃出重围，在乌江边力竭自刎。

刘邦消灭了项羽的楚军，建立了汉王朝。汉字、汉语、汉文化、汉民族均由此得名。

刘邦唱歌

大风歌

[汉] 刘 邦

大风起兮云飞扬，
威①加②海内③兮归故乡，
安得④猛士兮守⑤四方⑥！

注释

① 威：威望，权威。
② 加：施加。
③ 海内：四海之内，即"天下"。古人认为天下是一片大陆，四周大海环绕，海外则荒不可知。
④ 安得：怎样得到。
⑤ 守：守护，保卫。
⑥ 四方：指代国家。

刘邦是沛郡丰邑（今江苏省徐州市丰县）中阳里人，曾在沛县东部的泗水担任亭长一职。公元前209年，陈胜、吴广在大泽乡起义，已经步入中年的刘邦在沛县起兵响应，被称为"沛公"。后来，刘邦领导的起义军与项羽领导的起义军成为反秦主力。

公元前206年，刘邦率军最先攻入秦都咸阳，推翻了秦朝。进城之后，他的军队和父老乡亲们做了三个约定，这就是著名的"约法三章"："杀人者死，伤人及盗抵罪。"也就是说，杀人者偿命，伤人及盗窃要抵罪。他的军队纪律严明，受到百姓的拥护和欢迎。

"约法三章"也作为成语流传下来，原指订立法律，与人民相约遵守。后泛指订立简单的共同遵守的条款。

刘邦攻入咸阳之后，项羽的部队也攻了进来。刘邦和项羽展开"楚汉战争"，刘邦最终战胜项羽，于公元前202年建立汉朝，随后制定一系列改善民生的措施。公元前195年，刘邦率军平定英布发动的叛乱，为汉朝统治的稳定奠定了坚实的基础。

刘邦带兵返回都城，路过沛县时，在沛县的沛宫里大宴家乡的父老乡亲，并挑选许多名沛县儿童，教他们唱歌和跳舞。

因为长期在外作战，十几年后才回到故乡，刘邦的心里很不平静。喝酒喝到高兴的时候，刘邦随手从乐师的手里拿来一张筑，左手弹拨着筑的弦索，右手用竹尺击打着筑身，高声唱出一首自编的歌曲：

> 大风起兮云飞扬，
>
> 威加海内兮归故乡，
>
> 安得猛士兮守四方！

意思是说：大风刮起啊浮云飞扬，统一四海啊衣锦还乡，到哪里寻找勇士来守卫国土啊，为我们放哨站岗。这首歌充分反映了汉高祖刘邦当时的心理状态。风起云涌的局势让刘邦威加海内。衣锦还乡日，思忖（cǔn）往事时，不知如何守住已得的天下，因此希望贤才猛士来助自己一臂之力。短短几句内心独白，有声有色，大气非凡，表现出刘邦壮阔的胸襟和豪迈的气概。后人把这首歌称作

《大风歌》。

　　沛县的乡亲们当时团团围坐在刘邦身边，静静地听着他那高亢悲凉的歌声，一齐叫好。接着，刘邦又令儿童跟着自己学唱，沛宫里立刻回荡起清脆高亢的悦耳童声："大风起兮云飞扬……"刘邦侧耳听着，突然起身离席，带着酒意直接加入儿童的队列中，一起舞蹈和歌唱。他唱得慷慨而悲凉，唱着唱着，脸上不禁已是老泪纵横。

赞美天鹅

鸿鹄歌

[汉]刘 邦

鸿鹄① 高飞，一举千里。
羽翮② 已就，横绝四海。
横绝四海，当可奈何？
虽有矰缴③，尚安所施？

注释

① 鸿鹄：天鹅。
② 翮（hé）：此处指羽毛。
③ 矰（zēng）缴：猎取飞鸟的系有丝绳的短箭。

刘邦建立汉朝之后，立自己的长子刘盈为太子，封次子如意为赵王。后来，他觉得刘盈又懦弱又平庸，就想把刘盈的太子称号废掉，改立如意为太子。他的想法正式宣布之前，有一天，他召太子来参加宴会，还想进一步考察一下他的才能。在见面的时候，他忽然愣住了。因为他发现太子的身后多了四位衣冠奇特、白发苍苍的老人，一问才知道，这就是著名的"商山四皓（hào）"。

他们分别是东园公唐秉、夏黄公崔广、绮里季吴实、甪（lù）里先生周术，曾经是秦始皇时期的七十名博士官中的四位，分别职掌通古今、辨然否、典教职等事宜，是很有才能的四位高人，当时已经八十多岁了，长期隐居在商山。刘邦久闻他们的大名，当年曾想请他们出山做官，却被他们坚决地拒绝了。传说，他们宁愿过清贫安乐的生活，还写了一首《紫芝歌》表明志向。歌中唱道：

莫莫高山，深谷逶迤（wēiyí）。

晔（yè）晔紫芝，可以疗饥。

唐虞世远，吾将何归？

驷马高盖，其忧甚大。

富贵之畏人兮，不如贫贱之肆志。

意思是说：高山巍峨，深谷曲折。泛着光彩的紫色灵芝，可以充当我的食物。尧舜的年代已经远去，我还能回到哪里？那些高贵华丽的马车，给我带来的忧虑更多。富贵反而让我心里不平静啊，贫穷反而让我心里安然。

刘邦见到他们出现在面前，非常高兴。没想到四位高人居然一同出山，愿意来辅佐自己的儿子。他不解地问道："多年来我一再邀请诸位高人，你们都不肯相见，现在为什么愿意辅佐我的儿子呢？"

四位老人上前向刘邦行礼，然后说道："我们听说太子仁厚孝顺，礼贤下士，天下之人无不伸长脖子仰望着，期待为他效力，所以我们愿意一同出山，尽心辅佐太子。"

原来，这一切都是刘盈的母亲吕后策划的。她看出刘邦想要废黜（chù）刘盈太子之位的心思，心里很焦急，就在高人指点下，让刘盈亲手写一封言辞谦恭的书信，多带珠宝玉帛，备好舒适的车辆，派上能言善辩之人去诚恳聘请著名的"商山四皓"。吕后让太子对他们以贵宾之礼相待，商山四皓随太子上朝，皇上看到他们，便可以知道太子的用人能力，就能打消废黜太子的念头。

果然，刘邦看见太子有商山四皓这样的贤人辅佐，就改变了废太子的念头。

刘邦愉快地和商山四皓交谈之后，心里为刘盈的能力和名声高兴，即兴作了一首歌，轻轻唱了起来：

鸿鹄高飞，一举千里。

羽翮已就，横绝四海。

横绝四海，当可奈何？

虽有矰缴，尚安所施？

这首歌就是《鸿鹄歌》，意思是说：天鹅腾飞天空，一拍翅膀能到一千里的高度。它的羽翼已经丰满了，可以飞遍四海了。可以飞遍四海了，又能把它怎么样呢？虽然有利箭和绳索，又怎么能够把它伤害呢？刘邦在这首歌里热情赞颂了羽翼丰满、一飞千里、无所畏惧的鸿鹄，同时也用暗喻手法表达对儿子刘盈的喜爱和信任。

刘盈的太子地位保住了。他后来继承皇位，就是汉惠帝。

佳人曲

[汉] 李延年

北方有佳人，绝世而独立。
一顾倾人城①，再顾倾人国。
宁不知②倾城与倾国？佳人难再得。

注释

① 倾人城：与"倾人国"同，指因女色而亡国，后多形容妇女容貌极美。
② 宁不知：怎么不知道。

我们现在形容一个女子美丽，常常说"倾国倾城"。这个成语出自一首汉代的诗歌，名叫《佳人曲》。这首诗是这样写的：

北方有佳人，绝世而独立。

一顾倾人城，再顾倾人国。

宁不知倾城与倾国？佳人难再得。

诗中运用夸张的手法极力描写女子的魅力。全诗意思是说：北方有一位美女，谁也比不上她的美丽。她看着人们笑一笑，就能让人家丢掉一座城，再笑一笑，就能丢掉一个国。这首诗还涉及另一个成语"绝世独立"。短短一首诗演化出两个成语，且都是形容女子貌美。绝世独立正面表现了女子天生漂亮，而倾国倾城从侧面描述了女子的惊世之美。最后两句，更是直接赞叹和感慨，将全诗的感情推向高潮。作者未用华丽辞藻修饰，语言简洁，留给人无限遐想空间。

这首诗的作者叫李延年，是一位造诣（yì）很高的音乐家，中山人（今河北省定州市）。他不但善于歌舞，而且长于音乐创作。只是他的身世很凄惨，一开始是在皇宫中喂狗，后来因为被发现有歌舞表演才能，才被皇帝封为乐班总管。

有一回，他为自己的妹妹写了一首《佳人曲》，在一次宫廷宴会上给汉武帝表演。汉武帝说："好！世上真有这样漂亮的人吗？"汉武帝的姐姐平阳公主对李延年的家庭情况很熟悉，这时就说："有啊，李延年的妹妹就是这样的人！"

于是，汉武帝就下令召见李延年的妹妹，她果然是绝美容颜，于是纳她为宫中的妃子，封为"李夫人"。但是不久，这位李夫人就病了，而且病得还很严重。汉武帝亲自去看望她，她却用被子蒙住脸，不肯和汉武帝相见。于是汉武帝不高兴地起身离开了。

汉武帝离开以后，身边的人疑惑地问李夫人："你为什么不见见皇上，让他照顾你的兄长和弟弟们呢？"李夫人说："我就是想让他照顾我的家人，才不肯见他，让皇上对我的记忆停留在美好时刻。"不久，李夫人去世，汉武帝以皇后的礼仪将她厚葬，还专门请画师把她的模样画下来，挂在甘泉宫。

有一个名叫李少翁的骗子，告诉汉武帝，自己可以帮他和李夫人见面，汉武帝将信将疑。李少翁采用变戏法的方式，拿着一个皮影在屏风后晃来晃去，汉武帝在昏暗的灯光下看过去，确实难辨真假。汉武帝问道："是耶？非耶？立而望之，偏何姗姗其来迟？"意思是说：李夫人你怎么回来得这么晚呢？请注意，这里又出现一个成语，就是"姗姗来迟"。

李夫人去世后，汉武帝一开始确实很照顾他们一家人。但是他们的兄长李广利最后投靠匈奴，李家遭受连累，被满门抄斩。李延年也可能是在这时被汉武帝处死。

长生不老

秋风辞①

[汉] 刘 彻

秋风起兮白云飞，草木黄落②兮雁南归。

兰有秀③兮菊④有芳⑤，怀佳人⑥兮不能忘。

泛楼船⑦兮济汾河，横中流⑧兮扬素波⑨。

箫鼓鸣兮发棹⑩歌，欢乐极兮哀情多，

少壮几时兮奈老何⑪！

注释

① 辞：韵文的一种。

② 黄落：变黄而枯落。

③ 秀：草本植物开花叫"秀"。这里比拟佳人颜色。

④ 兰、菊：这里比拟佳人。

⑤ 芳：香气，这里比拟佳人香气。

⑥ 佳人：这里指想求得的贤才。

⑦ 泛楼船："乘楼船"的意思。

⑧ 中流：中央。

⑨ 扬素波：激起白色波浪。

⑩ 棹（zhào）：船桨。这里代指船。

⑪ 奈老何：对老怎么办呢？

公元前113年，汉武帝刘彻到河东汾阴（今山西省万荣县西南）祭祀后土（土地神）。回京的路上传来南征将士的捷报，他当时正乘坐着楼船在汾河的中流游览，立刻传令摆宴庆贺。宴会结束后，他看到秋风扫落叶，忽然想到自己虽然贵为皇帝，可是也无法抗拒衰老和死亡，感慨万千，于是写下《秋风辞》：

秋风起兮白云飞，草木黄落兮雁南归。

兰有秀兮菊有芳，怀佳人兮不能忘。

泛楼船兮济汾河，横中流兮扬素波。

箫鼓鸣兮发棹歌，欢乐极兮哀情多，

少壮几时兮奈老何！

诗的意思是说：秋风吹着白云飞，草木黄落雁南归。兰花秀美菊花香，思念美人总难忘。乘着楼船泛汾河，船到中流激素波。吹箫打鼓船歌扬，欢乐到头多哀伤。青春岁月匆匆老，谁能挡住光阴跑。

全诗巧用比兴，情深意切，含蓄深沉，借对佳人的怀念抒发渴慕贤才的诚挚情感，特别是表达自己对人生易老的感伤和忧虑。刘彻写这首诗时已经四十四岁，他舍不得当皇帝的生活，盼着自己能够长生不老。他心里的这种想法，也给骗子们提供了可乘之机。

首先是一个叫李少君的人来见他，自称曾在蓬莱仙岛上遇到仙人安期生，安期生请他吃过像西瓜那么大的枣子，所以自己可以长生不老。有一次宴会时，中途来了一位九十多岁的老人。李少君摸着他的头说："我过去和你的祖父一起游玩过，你那时还是小孩子。"他的话把大家都唬住了。刘彻想考一考他，就拿出一件铜器让他看年代，李少君看了一眼，就说这是几百年前齐国的旧物，自己当年还和齐桓公用这件东西喝过酒。刘彻知道这铜器上确实有齐威王的年号，就以为李少君真的活了几百岁，对他更加崇拜。李少君吹嘘自己会制作长生不老药，于是就被汉武帝留下专门炼制丹药。可笑的是，长生不老的仙丹还没有炼成，李少君就突然生病去世了。刘彻不仅没有醒悟，还傻乎乎地认为李少君一定已经羽化成仙。

接着，一名叫李少翁的道士又来拜见他，这个道士自称是李少君的师弟，吹嘘说自己能够让皇帝很快成仙。后来，李少翁的牛皮越吹越大，自称可以招来天上的神仙，还欺骗刘彻专门盖了一座甘泉宫，在里面摆上各种神像，在宫殿里画上各种云彩和仙车，自己打扮得就像天公似的，谎称这样就能把神仙引来相见。于是刘彻就按照李少翁的要求折腾一番，然后一心等待迎接神仙们下凡。可是这次把戏不灵，他们等了好久也没有神仙出现。

李少翁觉得刘彻开始怀疑自己，就在一块丝绸上画了一些奇怪的符号，硬让一头牛吞到肚子里，然后让人拉着，故意从刘彻面前走过。李少翁说："这头牛的肚子里有天书。"刘彻派人当场把牛杀掉，果然发现那块写着字的丝绸。不过刘彻还没有完全糊涂，他让人追查那块绸子上的笔迹，很快就发现是李少翁搞的鬼，果断命人把他处死。可是，李少翁的同伙又耍了个花样，他们买通掘坟的人，把李少翁的尸体偷走，在棺材里放了一个竹筒。

后来又有一个名叫栾（luán）大的人找来了。栾大自称是李少翁的师弟，硬说李少翁并没有死，自己一个月前还在关东见过他，他其实已经成仙。刘彻派人去挖开李少翁的坟墓，只看到一个竹筒，以为自己杀死的只是一个竹筒，真正的李少翁早已成仙飞遁。于是，他忘记前两次的教训，再次相信栾大的鬼话，把栾大留下为自己炼丹，后来还把栾大封为"五利将军"，赏他黄金万两，让他替自己去迎接神仙。栾大高高兴兴地上路了，但是他不知道，刘彻暗地里安排人跟踪他。那些人见栾大上了泰山，到了东海，只是游览一番，并没有见到任何神仙，就回来禀告刘彻。栾大的骗术就这样露馅了。

刘彻既渴望长生不老，又怕别人害自己。他因为相信骗子，开始吞食玉石粉等奇怪的东西，结果得了一场大病。这时候，江充前来密报，说刘彻之所以身体不好，是因为太子刘据用巫蛊（gǔ）诅咒他。其实江充早就和太子有仇，所以他事先安排人偷偷在皇宫中藏好了许多插着针、写着刘彻姓名的小人偶。随后，江充带着皇帝很轻松地就把这些小人偶找出来，刘彻大怒，发兵逼得太子自杀。

等到刘彻醒悟过来的时候，才把江充治了罪。

刘彻心里始终还是相信长生不老的说法，这时又来了一个叫公孙卿的人，怂恿他到泰山去封禅，也就是祭天。公孙卿告诉他："古时候的黄帝到泰山祭了天，后来就骑着黄龙上天成了神仙。"刘彻又动心了，马上拜公孙卿为郎中，带领手下的大臣们呼啦啦到泰山去祭天。结果前后折腾了五个月，连个神仙影子也没见到，只好稀里糊涂地回来了。

刘彻晚年几次寻求长生不老之术，最后都失败了。公元前87年，刘彻吟诵着曾经的《秋风辞》，嘟哝着"欢乐极兮哀情多，少壮几时兮奈老何"，死在五柞（zuò）宫。刘彻活到七十岁，在古代皇帝中，他其实算是一位长寿的皇帝了。

柏梁台联诗

柏梁诗（节选）

[汉] 刘 彻等

日月星辰和四时。
骖驾驷马从梁来。
郡国士马羽林材。
总领天下诚难治。
和抚四夷不易哉。

公元前115年，汉武帝刘彻由于实施盐铁官营和"告缗（mín）"等措施，朝廷财政收入丰饶，据说国库里的各种财物把皇家花园上林苑都堆满了。于是，他下令大修长安城西沣水、滈水之间的昆明池，准备用来训练水军。昆明池面积约三点三平方千米。汉武帝还制造了楼船，高十余丈，旗帜飘扬，声势雄壮。为了检阅这些楼船部队，汉武帝又专门建造了一座高达数十丈的柏梁台，在台上以香柏为梁，修建壮丽的宫室，非常壮观。

柏梁台位于长安城中北关内，汉武帝特意下诏在柏梁台上设宴，规定只有年薪在二千石（dàn）并且会写七言诗的人，才有资格前来赴宴。开宴那天，柏梁台上热闹非凡。梁孝王刘武、大将军卫青、丞相石庆、御史大夫倪（ní）宽、太常周建德、廷尉杜周、太仆公孙贺、大司农张成、左冯翊（yì）盛宣、右扶风李成信、大才子东方朔等人都来了。柏梁台上人们飞觞（shāng）把盏，歌舞飞扬，其乐融融。

酒喝到一半，汉武帝提议大家一起联诗助兴。东方朔高声叫好，然后走出座位，说："请陛下先吟第一句吧，我们按照您的韵脚一人一句唱和。我来做记录。"

汉武帝说："好啊，我吟第一句。'日月星辰和四时。'"

东方朔马上喊道："好句子啊，寓意我们的国家四时和美，福寿康宁。"拍了一下皇帝的马屁之后，东方朔又转脸看向梁孝王刘武："梁王殿下，只有您的身份才能接续陛下的诗句啊。"

梁孝王也不客气，张口吟道："骖驾驷马从梁来。"

东方朔说："点明从梁来，这句诗非您莫属啊。"

大将军卫青接着说："我也续一句吧。'郡国士马羽林材。'"

东方朔摇晃着脑袋说："气宇轩昂，不俗不俗。"

丞相石庆也接着续了一句："总领天下诚难治。"

东方朔评论说："忧国忧民，令人感动。"

卫青又来了一句："和抚四夷不易哉。"

东方朔说："这一句正呼应上一句的责任重大，卫将军肩上的担子不轻啊。不过卫将军对了两句了，下面还是一人只对一句吧。"

接下来，御史大夫倪宽、太常周建德、廷尉杜周、太仆公孙贺、大司农张成、左冯翊盛宣、右扶风李成信等人一一往下联诗，最后，东方朔说："大家对得都很好，我统一大家的思想感情，只是我自己实在没词了，就勉强凑一句，'迫窘诘屈几穷哉。'"

这次柏梁台联诗中的诗句，虽然按照现在普通话的读音，有的是不押韵的，但是按照汉代读音来说，每一句都是押韵的。后人就把这种句句押韵的七言诗，称作"柏梁体"。

除了饮宴欢聚，汉武帝还在柏梁台上设置一个铜仙承露盘。盘下是一个铜人，高二十丈，周长七围，铜人手臂高举，臂顶就是"仙人掌"，接三更北斗所降沆瀣（hàngxiè）之水，此水被称作"天浆"，又叫"甘露"。其实承接的甘露，不过就是水蒸气由于早晚温差而凝结的露珠罢了。自称懂仙术的方士们告诉汉武帝，只要把这些露珠和美玉的碎末调和在一起，就能制成长生不老药，喝下去就可以返老还童，长生不老。这当然是没有科学依据的骗人的鬼话。

公元前104年，传说柏梁台由于雷电，忽然燃起天火，不幸烧毁。汉朝灭亡以后，魏明帝曹叡（ruì）派马钧将铜仙承露盘从长安搬迁到洛阳。可是当年运输条件很差，铜仙承露盘在路上被损坏了。

小说《三国演义》中对当时拆迁的情景描写得很有传奇性："马钧教先拆铜人。多人并力拆下铜人来，只见铜人眼中潸（shān）然泪下。众皆大惊。忽然台边一阵狂风起处，飞砂走石，急若骤雨；一声响亮，就如天崩地裂。台倾柱倒，压死千余人。钧取铜人及金盘回洛阳，入见魏主，献上铜人、承露盘。魏主问曰：'铜柱安在？'钧奏曰：'柱重百万斤，不能运至。'睿令将铜柱打碎，运来洛阳，铸成两个铜人，号为'翁仲'，列于司马门外；又铸铜龙凤两个，龙高四丈，凤高三丈余，立在殿前。"

咏 史

[汉] 班 固

三王德弥薄，惟后用肉刑。

太苍令有罪，就递长安城。

自恨身①无子，困急②独茕茕③。

小女痛父言，死者不可生。

上书诣北阙，阙下歌鸡鸣。

忧心摧折裂，晨风扬激声。

圣汉孝文帝，恻然感至情。

百男何愦愦④，不如一缇萦。

注释

① 身：自身，自己。

② 困急：危急关头。

③ 茕（qióng）茕：孤独之状。

④ 愦（kuì）愦：昏愚。

汉代，有个名叫缇萦（Tí Yíng）的小姑娘，她勇敢地给皇帝即汉文帝写了一封信，从监狱里把自己的父亲救了出来。这就是历史上著名的"缇萦救父"的故事。

当时在山东临淄一带有位名医，名叫淳于意，在正式行医之前曾任地方官。虽然他医术高超，可是有一回他给一位富商妻子治病却没有见效，富商妻子不幸离世。那位富商因此记恨淳于意，造谣说他"庸医杀人"，当地官吏早就对淳于意心生不满，趁机陷害他为官时贪污受贿，判淳于意"肉刑"。地方官判决之后，淳于意被押往长安去受刑。

淳于意共有五个女儿，没有儿子。临出发的时候，他在囚车里长长地叹了一口气，说道："唉，可惜没有儿子。现在家里出事，这些女儿也顶不起事来。真是生女不如生男啊。"几个女儿听了父亲的话，围着囚车哭得更加伤心了。这时，淳于意最小的女儿缇萦站了出来："父亲，怎能说生女不如生男呢？女儿也能帮助父亲啊。"于是，她坚决地说服了解差和家人，跟着父亲的囚车一起去了长安。

缇萦一到长安，就找到皇宫的宫门，请求拜见皇帝。管理宫门的人不许她进去，她就用歪歪扭扭的字体给皇帝写了一封信，详细描述父亲被冤枉的经过，特别诚挚地说自己愿意入宫为婢，替父亲赎罪。在信中，她还为那些受到肉刑的人说了几句话。她说，砍掉的脚、割掉的鼻子都不能再安回去，脸上刺字就无颜面对世人，希望皇帝能够同情那些人，给犯罪之人赎罪自新的机会。

缇萦苦苦哀求守卫官员帮她把信呈给皇帝。汉文帝读完这位勇敢的小姑娘的信，非常感动，也感到肉刑确实太残忍，就下令从此废除肉刑。文帝还另外派人重新调查缇萦父亲的案件，最后终于查明实情，洗清了缇萦父亲的冤屈。

淳于意后来回到临淄，继续治病救人。他是世界上第一位给患者建立诊籍、医案的医生，还在前人留下的二十种脉象的基础上又提出了二十二种新脉象，丰富了中医的脉诊理论。另外他还发明了用冰块或冷湿巾降温的物理降温疗法，发明了用莨菪（làng dàng）子解热镇痛、用芫花杀蛲（náo）虫的处方，取得了很高的医学成就。缇萦这次上书不仅救了自己的父亲，让父亲能够继续进行医学研究，而且还为那些差点儿受到肉刑的人解除了痛苦。她的事迹后来被写进了历史书，被人们千古传颂。

东汉史学家班固写了一首《咏史》，专门引用缇萦救父的事迹，诗的结尾说：

圣汉孝文帝，恻然感至情。

百男何愦愦，不如一缇萦。

意思是说：贤明的汉文帝被缇萦感动，颁布法令废除了肉刑，释放了缇萦的父亲淳于意。天下男儿愚笨无能，竟不如一位勇敢机智的小女孩缇萦啊。

举案齐眉

五噫歌

[汉] 梁 鸿

陟① 彼北芒兮，噫！

顾② 瞻③ 帝京兮，噫！

宫阙崔嵬④ 兮，噫！

民之劬⑤ 劳兮，噫！

辽辽⑥ 未央⑦ 兮，噫！

注释

① 陟 (zhì)：登高。

② 顾：回头看。

③ 瞻：向远处或向高处看。

④ 崔嵬：高大，高耸。

⑤ 劬 (qú)：过分劳苦，勤劳。

⑥ 辽辽：漫长悠远的样子。

⑦ 未央：未已，未尽。

人们说到夫妻相互敬爱，常常用成语"举案齐眉"来形容。"案"是指一种有脚的托盘。这个成语是从汉代梁鸿和孟光的故事中来的。梁鸿、孟光是一对恩爱夫妻，孟光给梁鸿送饭时总是把端饭的盘子举得与眉毛一样高，以表示对梁鸿的尊敬。

梁鸿，字伯鸾，是汉代扶风平陵（今陕西省咸阳市）人。他曾经在汉代的最高学府太学读书，虽然家境贫寒，但是读书成绩很好，而且非常注重节操。完成学业之后，梁鸿在上林苑放猪为生。有一

次因为读书太专注，一不留神失了火，火灾蔓延到邻居的房屋。梁鸿找到受灾的人家，把猪全部拿来赔偿，后来返回家乡。

梁鸿相貌英俊，节操高尚，很多人家争着要把女儿嫁给他，梁鸿都谢绝不娶。同县的一位姓孟人家的女儿，体形肥胖，丑陋黝（yǒu）黑，力气很大，据说一抬手就能举起沉重的石臼。因为丑，她三十岁了，还没有找到合适的人家。父母问她想找什么样的对象，孟氏说："要找就找梁鸿那样贤能的人。"

梁鸿听说了这件事，被深深感动，就真的下聘娶了她。孟氏请求父母为她准备粗布衣服、编织草鞋和搓绳子的工具。等到出嫁那天，她精心梳妆打扮，可是过门七天，梁鸿都不搭理她。孟氏就直接找到梁鸿问是怎么回事。梁鸿说："我想找的伴侣是和我一起穿

如果诗词会讲故事·秦汉篇

粗布衣服、安心在深山隐居的人。你现在穿着绮丽贵重的绢绸衣服，涂脂抹粉，这怎么能合我的心愿呢？"孟氏说："我这样穿戴，只是测试一下你的志向罢了。"于是，她重新把头发梳成椎髻样式，穿上粗布衣服，拿着做活的工具到梁鸿的面前。梁鸿非常高兴，说："这才是我梁鸿的妻子啊！"于是给她起了个字叫德曜，取名为孟光。

一次，梁鸿出函谷关去东方办一件事情，路过京都洛阳，他抽空去攀登北芒山。登上山顶，他回头远望京都，看到那巍峨奢侈的宫殿，心里非常感慨：这一砖一木的建立都是百姓劳苦工作的结果，百姓的苦难什么时候能到头啊！于是，便吟出一首《五噫歌》：

陟彼北芒兮，噫！

顾瞻帝京兮，噫！

宫阙崔嵬兮，噫！

民之劬劳兮，噫！

辽辽未央兮，噫！

诗的前三句是所见，后两句为所感，虚实结合，侧面道出帝王的奢侈和百姓的疾苦，直抒胸臆，苍凉悲壮。尤其是五句诗都选用感叹词"噫"来结尾，表现出心中强烈的愤慨和鲜明的爱憎。这首诗马上流传起来。没想到，这首诗传到了汉章帝耳中，皇帝对此非常不满，派人搜捕梁鸿，他只好改名为运期耀，与妻子孟光一起逃离家乡，辗转流浪避难，最后来到吴地（今江苏省南部）隐居。

在吴地，他们经常到一个名叫皋（gāo）伯通的人家去打工，并借住在他家的东厢房。皋伯通发现，梁鸿干完舂（chōng）米等活儿回来，孟光每天都是早早就准备好饭菜，并把盛饭菜的托盘举得跟眉毛一样高，恭敬地送到梁鸿面前，梁鸿高兴地行礼，然后接过托盘，和妻子愉快地用餐。皋伯通感到很奇怪，认为这两口子不是平常人。经过交谈，皋伯通更觉得梁鸿谈吐不俗，对他非常赞赏。于是，梁鸿和孟光就留在皋伯通家打工。他们坚持辛勤地劳动，过着朴实而幸福的生活。

苏武牧羊

留别妻

[汉] 苏 武

结发① 为夫妻，恩爱两不疑。

欢娱在今夕，嬿婉② 及③ 良时。

征夫怀往路④，起视夜何其？

参⑤ 辰⑥ 皆已没，去去从此辞⑦。

行役⑧ 在战场，相见未有期。

握手一长叹，泪为生别⑨ 滋⑩。

努力爱⑪ 春华⑫，莫忘欢乐时。

生当复来归，死当长相思。

注释

① 结发：古代男子二十岁束发加冠，女子十五岁束发加笄(jī)，表示成年。

② 嬿(yàn)婉：夫妇和爱。

③ 及：趁着。

④ 怀往路：想着出行的事。

⑤ 参(shēn)：星名，每天傍晚出现于西方。

⑥ 辰：星名，每天黎明前出现于东方。

⑦ 辞：辞别，分手。

⑧ 行役：即役行，指奉命远行。

⑨ 生别：即生离。

⑩ 滋：益，多。

⑪ 爱：珍重。

⑫ 春华：青春，比喻少壮时期。

公元前 100 年，汉武帝派遣苏武持节旄出使匈奴。出发的时候，苏武给妻子写下一首《留别妻》，其中有一些句子特别感人：

　　行役在战场，相见未有期。

　　握手一长叹，泪为生别滋。

　　努力爱春华，莫忘欢乐时。

　　生当复来归，死当长相思。

　　意思是说：我即将走上战场，重逢不知等到什么时刻。紧握双手发出一声叹息，眼泪因为离别而滴落。尽情欣赏这美好春色，别把我们的欢乐时光遗忘。如果我活着，一定回来找你；如果我死去，也把你永远想念着。

　　苏武离别妻子，毅然踏上前往匈奴的长路。当他把外交事情处

如果诗词会讲故事·秦汉篇

理完毕之后，匈奴突然发生内乱，苏武受到牵连，被扣留下来。匈奴人逼迫苏武背叛汉朝，投降匈奴，甚至用刀子架在他脖子上来威胁。

苏武坚决不屈服，匈奴人就把他扔在了地窖里折磨，既不给他吃，也不给他喝。当时天上正下大雪，苏武就用饮雪吞毡（喝雪水解渴，把扔在地窖里的破毡片当作食物）的方式活下来。

过了好多天，匈奴人忽然想起来苏武，发现他居然没有死，就把他从地窖里放出来，直接送到荒凉的北海（今贝加尔湖），让他在冰天雪地里为匈奴放羊，还说："等到公羊生了小羊，就放你回汉。"公羊永远不会生小羊，匈奴人的意思是说永远也不会放他回家。

苏武在北海除了放羊，最重要的事情就是把作为汉朝使节标志的节旄时时握在手中，盼望着有一天能够拿着这个节旄重新回去。就这样一年又一年，苏武一连放了十九年羊，节旄上的那些穗子已经全部磨掉了，苏武仍然坚定地守卫着它。

汉昭帝时期，由于汉武帝与匈奴连年征战，双方都付出极大的代价，于是达成和议。汉昭帝派出使者来到匈奴，要求匈奴释放苏武回国，匈奴却欺骗使者说苏武已经死了。使者这时候已经暗暗做了寻访，知道苏武还活着，就编了一个故事："天子射上林中，得雁，足有系帛书，言武等在某泽中。"意思是说：我们皇帝在皇家的上林苑打猎时，遇到一只脚上拴着一条绸带的大雁，那条绸带上是苏武写给我们皇帝的亲笔书信。信上说他在北海牧羊，你们怎么说他死了呢？匈奴人认为苏武的坚贞感动了大雁，赶紧就答应把苏武送回去。现在我们把书信称作"鸿雁""锦书""鸿音"，就是从"苏武牧羊"这个故事中来的。

苏武的头发和胡子早已斑白。他在匈奴受难十九年，公元前81年，苏武终于带着节旄，重新回到都城长安。百姓一齐出来迎接他，纷纷称赞他的气节和忠贞。他的妻子饱含热泪，排在迎接队伍的最前面……

贾谊问鹏鸟

鹏①鸟赋（节选）

[汉] 贾 谊

其生兮若浮，其死兮若休；

澹乎若深渊之静，泛乎若不系之舟。

不以生故自宝兮，养空而浮；

德人无累兮，知命不忧。

细故蒂芥兮，何足以疑！

注释

① 鹏（fú）：古书上一种不吉祥的鸟，形似猫头鹰。

贾谊是西汉初年的一位政论家、文学家，人们都叫他"贾生"。十八岁时，他的文章就开始出名。由于才华出众，他遭人排挤，年仅三十三岁就抑郁而亡。写《史记》的司马迁对屈原和贾谊都寄予深深的同情，为二人写了一篇合传，后世也往往把屈原与贾谊并称为"屈贾"。

贾谊青年时期得到河南太守吴廷尉的推荐，受到汉文帝的接见，很快便出任博士。古代博士和现代教师差不多，最大区别在于古代博士主要承担给皇帝当智囊团的任务。皇帝问什么，博士就得回答什么。有一回，汉文帝向贾谊咨询一些神鬼传说之类的问题，刚开始面对面坐在两张席子上，后来越聊越高兴，皇帝的席子越来越靠近贾谊的席子，两人之间就只有半张席子的距离了。这个叫"虚前席"，是当时皇帝对臣子的一种很高的礼遇。好景不长，朝廷里早已有人对贾谊的才华心生嫉妒，恶意陷害，导致汉文帝与贾谊的关系渐渐疏远，皇帝最终把贾谊外放到长沙去做太傅，所以后世也称呼他为"贾长沙""贾太傅"。

贾谊在长沙做了三年太傅。四月孟夏时节里的一天，在太阳西斜时，一只鹏鸟飞进他的住所。这种鹏鸟长得不太好看，有点儿像猫头鹰，被认为是一种不吉祥的凶鸟。贾谊想弄清它飞来的缘故，就打开书本占卜，预示说"有野鸟进入房屋，主人即将离去"。他百思不得其解，就用请求的口气向鹏鸟发问："我将要到哪里去呢？如果有吉事，你就告诉我；即使有凶事，也请你把灾祸说明。死生迟速的吉凶定数啊，请告诉我它的期限吧。"

鹏鸟此时像是在叹息着，昂起头张开翅膀，好像要说话，但是又说不出。贾谊看着鹏鸟，认为自己寿命不久，就猜测着鹏鸟的口气，采用自问自答的方式写了一篇赋来自我安慰。这篇赋就叫《鹏鸟赋》。大致意思是说：世间万物永恒地变化着，反复无定，没有停止的时候。福是祸的诱因，祸是福的根源。福祸相互依附纠缠，如同绳索绞合在一起，天命不可解说，谁知道它的究竟？水流矢飞，云蒸雨降，事物变化错杂纷纭，谁能预先知道人生的寿命期限？天与地就像一个炼铁的洪炉，大自然就像一个炼铁的工匠，聚散灭生是没有什么固定法则的。格局浅狭的人只想到自己，不考虑别人；智慧通达的人则让自己与万物相互适应，和谐相处。

最后他写道：

其生兮若浮，其死兮若休；

澹乎若深渊之静，泛乎若不系之舟。

不以生故自宝兮，养空而浮；

德人无累兮，知命不忧。

细故蒂芥兮，何足以疑！

意思是说：人生就像木头浮在水上，顺流而下。自己的身躯任凭自然去安排，死亡好像一场永远的休息。深沉的思想就像深渊潭水般幽静，漂浮的情感好像无羁的小舟般自由。不把生命当作什么宝贝，涵养空虚之性，随波逐流。有情操的人是没有什么牵累的，看破红尘而不再患得患失。所以像鹏鸟入舍这种琐细的小事，又有什么值得疑虑的呢？

凤求凰

凤求凰·其一

[汉] 司马相如

有一美人兮，见之不忘。

一日不见兮，思之如狂。

凤飞翱翔兮，四海求凰。

无奈佳人兮，不在东墙。

将琴代语兮，聊写衷肠。

何时见许兮，慰我彷徨。

愿言配德兮，携手相将。

不得於飞兮，使我沦亡。

　　西汉的汉文帝年间，在成都出了一位有名的辞赋家，名叫司马相如。他擅长鼓琴，其琴名叫绿绮琴，是传说中的绝世名琴。

　　古时人们迷信，认为如果一个小孩太招人喜欢的话，就会被地狱的鬼怪注意，然后被鬼怪抓走，所以人们就给孩子取一个听起来不太好听的俗气名字，用来迷惑那些出来抓孩子的鬼怪，让他们一听就不喜欢，这样自己的孩子就能长命百岁。司马家的大人也是出于这种考虑，就给他取名叫犬子。

　　司马犬子生得很英俊，很招人喜爱，学习成绩也很好，唯独有一点儿口吃。他长到十七岁的时候，读到战国时候的名人蔺（lìn）相如的事迹，很佩服蔺相如，就给自己改名为司马相如。司马相如

如果诗词会讲故事·秦汉篇

后来结识了一位好朋友王吉，谈得很投机。王吉当时在临邛（qióng）做县令，所以司马相如也常到临邛与他相聚。临邛是造酒业发达的地方，有一个名叫卓王孙的人，是临邛的酒业巨头，家里很有钱。有一回，卓王孙预备丰盛的酒宴，邀请王吉到家里做客，王吉就带着司马相如一同赴宴。

司马相如早就听说卓家有位美丽的女儿叫卓文君，"眉色如望远山，脸际常若芙蓉，肌肤柔滑如脂"，而且非常有才华。所以司马相如赴宴的一个小心思，就是想看看这个女子是不是像人们说的那样才貌双全。等到了卓家，按照当时的规矩，女儿家是不能出来和客人在宴会上会面的，所以，司马相如没有立刻见到卓文君。好

在古时候举行宴会，中间要有人吟诗鼓琴。所以司马相如一看主人摆上乐器，就主动离席，自告奋勇要给大家演唱一曲新歌，他特意大声介绍这首新歌名叫《凤求凰》。

凤凰是古代传说中的百鸟之王，雄鸟叫"凤"，雌鸟叫"凰"，合称为"凤凰"。《山海经》中描写凤凰为"其状如鸡，五采而文"。人们常用"凤凰齐飞"来比喻吉祥和谐的景象。司马相如一边鼓琴，一边演唱。他当时演唱了两首，都是借凤鸟的口吻来向凰鸟倾诉热烈爱慕和赞美之情。其中第一首是这样写的：

> 有一美人兮，见之不忘。
>
> 一日不见兮，思之如狂。
>
> 凤飞翱翔兮，四海求凰。
>
> 无奈佳人兮，不在东墙。
>
> 将琴代语兮，聊写衷肠。
>
> 何时见许兮，慰我彷徨。
>
> 愿言配德兮，携手相将。
>
> 不得於飞兮，使我沦亡。

意思是说：有位美丽的女孩啊，见上一面就再也难忘。从此一日看不见，想念就让人如同发狂。凤鸟在空中奋力飞旋，遨游四海只为求凰。可惜那女孩不住在我家东墙，我只能用琴声来倾诉我的衷肠。什么时候你能答应我的请求，给我一些慰藉和新的希望？但愿我的心愿能够实现，和你一起比翼飞翔。如果不能和你在一起，这样的日子如同让我沦亡。

司马相如的琴声古朴优美，歌声悠扬动人。卓文君听说大才子司马相如来到自己家，而且还为大家鼓琴唱歌，早早躲在帘子后面偷偷欣赏。她立刻就听懂司马相如的心意，感动得热泪双流。后来，卓文君就和司马相如偷偷相爱了。

卓文君的父亲卓王孙不同意二人的婚事，也断绝了给他们的经济支持。卓文君就把自己的金银首饰卖掉，凑钱和司马相如在临邛开了一家小酒馆，亲自站在临街的柜台里，夫妻二人一起卖酒，这就是成语"当垆卖酒"的来历。

后来，卓王孙心疼女儿，送了一笔钱给他们，逐渐恢复了对他们的支持。司马相如写的赋还引起皇帝的注意，他们的日子逐渐好了起来，琴曲《凤求凰》的故事也流传至今。

美貌养蚕女

陌上桑（节选）

[汉] 佚 名

行者见罗敷，下担捋髭须。

少年①见罗敷，脱帽著帩头②。

耕者忘其犁，锄者忘其锄。

来归相怨怒，但③坐④观罗敷。

注释

① 少年：通常指十到二十岁男子。

② 帩（qiào）头：古代男子束发的头巾。

③ 但：只是。

④ 坐：因为，由于。

汉代时，江南地区有一位美丽的养蚕姑娘，姓秦，名叫罗敷。她勤劳端庄，朴素大方，聪明贤惠。她养的蚕吐出的丝又多又好，她织出的丝绸又美又结实，人人都夸她是个好姑娘。乐府诗中为了形容她的美丽，特意采用侧面烘托的手法，这样写道：

行者见罗敷，下担捋髭须。

少年见罗敷，脱帽著帩头。

耕者忘其犁，锄者忘其锄。

来归相怨怒，但坐观罗敷。

意思是说：早上在大街上走路的人看见罗敷，就放下担子装作捋胡子，其实是为了偷偷多看罗敷两眼。年轻人看见罗敷，就会不自觉地脱掉帽子，整理自己的仪容，怕有什么不得体的地方让罗敷看见嘲笑自己。耕地的人忘记犁地，锄地的人忘记锄地。他们回家以后互相埋怨，都说就是因为看罗敷才耽误了干活。通过这些夸张的诗句，我们能想象到罗敷该有多么美丽。

当太阳从东方升起，温柔的光辉透过窗子洒进罗敷的居室，勤劳的罗敷已经早早起床，准备去城南边的桑林里采桑。她用青丝做篮子上的络绳，用桂树枝做提柄，头上梳着美丽的倭（wō）堕发型，耳朵上戴着明珠做的耳环；浅黄色的花绸做成下裙，紫色的绫子做成上袄。她一边招呼着女伴们，一边唱着清脆的歌谣，那情景就如同一幅行走的美人图画。

这时，城里的使君坐着马车从南面赶过来，迎面碰上罗敷一行人。为他拉车的五匹马一见罗敷，居然自己停了下来，踢踏着蹄子不肯挪步。使君探出车厢一看罗敷，立刻就惊呆了，心说：这女子真漂亮啊！于是，他派身边的小吏过去，询问这是谁家的姑娘。小吏问了之后，回答说："是秦家的姑娘，名字叫罗敷。"使君又问："罗敷今年多大了？"小吏回答道："她说二十岁还不足，十五岁略微有点儿多。"使君一听，笑着想：这个女孩真顽皮，还挺有意思的。我把她带回府里去服侍我吧。

使君是当时一个城的最高长官。他想要谁家的女孩，谁家也不敢反对。使君的自我感觉非常良好，他直接问罗敷："愿意一起坐车吗？"

罗敷一听，虽然很生气，但她很聪明，没有鲁莽（mǎng）行事。她想到自己只有几个女子做伴，不能和对方正面对抗，于是机智地用夸夫婿的方式回话说："使君你多么愚蠢！使君你本来有妻子，罗敷我当然也有丈夫。我的丈夫在东方当官，光随从人马就有一千多，他排在队伍的最前头。怎样分辨谁是我丈夫呢？那位骑着白马、领着一群黑马的大官就是他啊！他的马用青丝拴着马尾，马嘴上戴的是金笼头。他腰中佩着的鹿卢剑价值上万钱。他十五岁在太守府做小吏，二十岁在朝廷里做大夫，三十岁做皇上的侍中郎，四十岁就独自管理一座城市。他皮肤洁白，年轻有为，仪表堂堂，所有人都夸他才华出众，不同凡俗。"

听罗敷夸完夫婿，使君终于低下傲慢的头，自惭形秽（huì），又感到有些自讨没趣，灰溜溜地离开了。罗敷的女伴们知道她是在故意吓唬使君，都佩服她的机智，一齐开心地笑了。

在《乐府诗集》中有这样一首诗，专门叙述了罗敷的故事，诗的题目就叫《陌上桑》。

爱情悲剧

孔雀东南飞（节选）

[汉] 佚 名

孔雀东南飞，五里一徘徊①。

"十三能织素②，十四学裁衣。

十五弹箜篌③，十六诵诗书④。

十七为君妇，心中常苦悲。"

注释

① 徘徊：来回走动。汉代乐府诗常以飞鸟徘徊起兴，以写夫妇离别。

② 素：白绢。

③ 箜篌（kōnghóu）：古代的一种弦乐器，形如筝、瑟。

④ 诗书：原指《诗经》和《尚书》，这里泛指儒家的经书。

东汉末年的建安年间，庐江府有个小官叫焦仲卿。他的妻子刘兰芝被他的母亲驱赶回娘家，刘兰芝发誓不再改嫁。但刘兰芝娘家的人一直逼着她再嫁，她只好投水自尽。焦仲卿听闻妻子的死讯，也吊死在自己家里庭院的树上。当时的人为了哀悼他们，便写了一首《孔雀东南飞》。

这首古诗的开头写道：

孔雀东南飞，五里一徘徊。

"十三能织素，十四学裁衣。

十五弹箜篌，十六诵诗书。

十七为君妇，心中常苦悲。”

诗歌借孔雀朝着东南方向飞去，每飞五里便有徘徊的意象来起兴，表达夫妻离别时百感交集的心情。接着以刘兰芝的语气自白："我十三岁就能织出精美的白绢，十四岁就学会裁剪衣服。十五岁学会弹奏箜篌，十六岁就能诵读诗书。十七岁做了你的妻子，但心中常常感到痛苦。"然后又叙述了在婆婆严苛的要求下的烦恼。焦仲卿听完刘兰芝的哭诉，非常难过，就去堂上劝告他的母亲："儿子已经没有做高官、享厚禄的福相，幸运的是娶了这样一个好媳妇。我们之间感情很好，甜美的日子刚刚开头，希望母亲不要过多干涉我们的生活。"没想到他的母亲更加气愤，大发脾气说："你怎能这样护着她呢！这个刘兰芝既不懂得礼节，又那么爱自作主张，赶紧把她赶走，一刻也别让她在家里停留！我对她已经断绝情义，你也别再为了她在我面前胡言乱语！"焦仲卿只好请刘兰芝先受些委屈，回自己的娘家去，以后等母亲的气消了，再想办法把她接回来。刘兰芝一听，哭着说："好吧，希望你时时保重自己，也请不要忘记我这苦命的人。"

当公鸡鸣叫、天快要亮的时候，刘兰芝起床精心打扮一番。诗中这样写道：

著我绣夹裙，事事四五通。

足下蹑丝履，头上玳瑁光。

腰若流纨素，耳著明月珰。

指如削葱根，口如含朱丹。

纤纤作细步，精妙世无双。

这里用了很多漂亮词，形象地描绘出刘兰芝离开焦家时，不愿显现自己的颓唐，还是希望留下一个干练绝美的好印象。她决定要梳妆打扮得漂漂亮亮，再去向焦仲卿的母亲辞行。她非常客气地说道："从前我生长在村野乡里，没有受到什么教管训导，所以很多规矩都不明白。嫁到您家后，得到您的很多关怀和教诲，现在不能再继续给家里做贡献，我回到娘家去，也会常常惦记着您。"但是，老太太依然不理不睬，听任她离去而不肯挽留。

焦仲卿送她回家的路上，发誓说："我永远不会辜负你。"刘兰芝很感动，说了一段著名的话：

君当作磐石，妾当作蒲苇，

蒲苇纫如丝，磐石无转移。

意思是说：你应当像一块坚定的大石，我一定做一株坚韧的蒲苇。蒲苇像

丝一样柔软坚韧，大石也请不要转移自己的方位。两个人忧伤地流着眼泪告别，依依不舍，情意绵绵。

但是，刘兰芝回到娘家后，却受到更大压力。她母亲说："你现在有什么过失？为什么没有去接你，你自己就回到家里？"

古时候的风俗，如果出嫁的女子不是娘家去接，而是自己回来，娘家人就会觉得很丢脸。现在刘兰芝自己回来了，她的母亲不仅不安慰她，反而觉得她让家里蒙羞了，一上来就是一阵数落。后来，又强迫她立刻改嫁给别人，而且早早收取了对方的聘金。刘兰芝在被逼结婚那一天，挽起裙子，脱下丝鞋，纵身一跃，跳进清水池。焦仲卿听说了这件事，在庭院里的一棵大树下徘徊许久，最后吊死在东南边的树枝上。

焦家和刘家的人这才醒悟过来，两家经过协商，把他们夫妻二人合葬在华山旁边。《孔雀东南飞》这首诗完整地记述了这件事的经过，最后写道：

> 东西植松柏，左右种梧桐。
>
> 枝枝相覆盖，叶叶相交通。
>
> 中有双飞鸟，自名为鸳鸯。
>
> 仰头相向鸣，夜夜达五更。

他们两个人的灵魂化作美丽多情的鸳鸯鸟，夜夜为人们唱着深情的歌谣，提醒世人"戒之慎勿忘"。

临终诗

[汉]孔 融

言多令事败，器漏苦不密①。

河溃②蚁孔端，山坏由猿穴。

涓涓③江汉流，天窗④通冥室⑤。

谗邪⑥害公正，浮云翳⑦白日。

靡辞⑧无忠诚，华⑨繁竟不实。

人有两三心⑩，安能合为一。

三人成市虎，浸渍⑪解⑫胶漆⑬。

生存多所虑⑭，长寝⑮万事毕。

注释

① 不密：容器的缝隙处相接不紧密。

② 河溃：河堤崩溃。

③ 涓（juān）涓：细水流动的样子。

④ 天窗：屋顶上用以通风、采光的窗。

⑤ 冥室：光线很暗的房间。

⑥ 谗邪：喜欢搞谗诽邪行的人。

⑦ 翳（yì）：遮蔽。

⑧ 靡辞：华丽的言辞。

⑨ 华：同"花"。该句意为花多而不结实，即华而不实。

⑩ 两三心：三心二意，心不齐。此谓人们对维护汉室不是忠贞不二。

⑪ 浸渍（zì）：浸泡。

⑫ 解：溶解，分解。

⑬ 胶漆：胶水和油漆。

⑭ 虑：思虑，忧愁。

⑮ 长寝：长眠，指死亡。

东汉末年有一位文学家名叫孔融，鲁国（今山东省曲阜市）人，曾任北海（今山东省潍坊市）国相，世称"孔北海"。《三字经》中"融四岁，能让梨"这两句，讲的就是他的故事：孔融四岁的时候，和哥哥们一起吃梨，他总是拿小的吃。大人们问他为什么这么做，他回答说："我年龄小，食量小，按道理应该拿小的。"由于孔融又聪明又懂事，亲戚们都夸他是个奇才。不过，他后来的遭遇却很悲惨。

当时朝廷里很混乱，有一个名叫张俭的官员因得罪当权宦官侯览，被诬陷和同乡结党诽谤朝廷，企图谋反。皇帝很糊涂，一听说有人要造反，就不问青红皂白，立即下诏逮捕。张俭逃到鲁国，想在好朋友孔褒家躲一躲。孔褒是孔融的哥哥。孔褒刚巧不在家。孔

融当时已经十六岁了，就出面替哥哥接待张俭。张俭见孔褒不在家，不好意思打扰，转身准备离开。孔融看出张俭一定有什么事情，就反复询问，觉得不能亏待兄长的朋友，决定让张俭在孔家躲藏几日，后来找机会悄悄把他送走了。

没想到走漏风声，官府派人来问罪，把孔褒和孔融兄弟二人都逮捕了。孔融说："张俭是我接待的，我有罪。"孔褒说："张俭是来投奔我的，罪名跟我弟弟无关。"他们的母亲孔老太太也说："我是家中长辈，罪责在我。"官吏看他们母子争罪，只好向上请示，后来只给孔褒定了罪。孔融没能救成哥哥，但孔家母子争罪的故事也传开了。

孔融渐渐长大，在曹操的军队里做了谋士。他刚正耿直，经常检举贪官污吏，最后彻底惹怒曹操，被下令捉拿。其中给他罗织的一条莫须有罪名，竟然是"不孝"。

等到使者气势汹汹地前来抓捕时，孔融发出一声长叹，向使者恳切地哀求，希望能够保全自己的两个幼子。没想到两个孩子高声说道："父亲别求他们。岂见覆巢之下，复有完卵乎？"后一句的意思是：鸟窝都打破了，还到哪里去找完整的鸟卵呢？最终，孔融全家都被残忍地杀害了。

临终之时，孔融写了一首《临终诗》倾诉心中的不平，诗是这样写的：

言多令事败，器漏苦不密。

河溃蚁孔端，山坏由猿穴。

涓涓江汉流，天窗通冥室。

谗邪害公正，浮云翳白日。

靡辞无忠诚，华繁竟不实。

人有两三心，安能合为一。

三人成市虎，浸渍解胶漆。

生存多所虑，长寝万事毕。

诗句朴实，以议论为主，诉说了自己的人生经验和教训。诗的意思是说：说话多了事情会失败，容器有了缺口就不严密。河堤从蚁穴开始溃决，山岭从猿猴造穴的时候就被破坏。涓涓细流可汇成长江、汉水，小小天窗可照亮整个暗室。谗言和不公会危害公正，就像浮动的云朵遮蔽太阳。华丽的语言不会有诚意，繁密的花朵结不出果实。做事情的人三心二意，怎么能够聚成一股合力。三个人谎报街市上有虎，人们也会当成真事；胶漆长期浸泡在水里，也会溶解。人活在世上有太多忧虑，永远沉睡才能结束万事。

怨 词

[汉] 王昭君

秋木萋萋，其叶萎黄。有鸟处山，集于苞桑①。

养育毛羽，形容②生光。既得行云，上游曲房③。

离宫绝旷，身体摧藏。志念抑沉，不得颉颃④。

虽得委⑤禽，心有徊惶。我独伊何，来往变常。

翩翩之燕，远集西羌⑥。高山峨峨，河水泱泱⑦。

父兮母兮，道阻悠长。呜呼哀哉！忧心恻伤。

注释

① 苞桑：丛生的桑树。
② 形容：形体和容貌。
③ 曲房：皇宫内室。
④ 颉颃（xiéháng）：鸟儿上飞为颉，下飞为颃。这里指鸟儿上下翻飞。
⑤ 委：堆。
⑥ 西羌：居住在西部的羌族。
⑦ 泱泱：水深广貌。

西汉时期，在南郡秭（zǐ）归（今湖北省宜昌市）有一位美丽的女子，名叫王嫱（qiáng），字昭君。父亲王襄是一介平民，老来得女，便将王昭君视为掌上明珠。

王昭君十七岁的时候，被选入皇宫做宫女。汉元帝见宫女之前，都是让画师先画下宫女的模样，按着画像点名召见。后宫的宫女们为了引起皇帝的注意，偷偷给画师毛延寿行贿，好让他把自己画得好看一些。唯独王昭君不肯给他行贿，所以毛延寿就故意把王昭君画得很丑。

当时西汉的国力很强盛。北方的匈奴原来是汉朝安定的一大威胁，后来经过多次打击，匈奴的实力变得越来越衰落。汉元帝时期，匈奴分裂成五股单（chán）于势力，其中有一个呼韩邪单于，和汉朝很友好。公元前33年，他专门到长安朝见汉元帝，并提出希望迎娶一位汉朝女子。汉元帝同意了他的请求，就从宫女的画像中挑选了一个相貌平平的宫女嫁给他。等到给王昭君送行的时候，汉元帝见到王昭君举止端庄，容颜美丽，应对得体，这才明白毛延寿在作画时骗了自己，心中十分后悔。但为了守信用，最后他还是让王昭君随着呼韩邪去了塞外北国。当时这种结亲的做法叫"和亲"。

王昭君告别故土和亲人，在阵阵秋风中启程。一路上战马萧萧，旌（jīng）旗猎猎，一队大雁排着"人"字形状从头顶掠过，鸣叫着往南方飞翔。昭君坐在骆驼上，怀抱琵琶，拨动弦索，吟唱出一首悲凉的《怨词》：

秋木萋萋，其叶萎黄。有鸟处山，集于苞桑。

养育毛羽，形容生光。既得开云，上游曲房。

离宫绝旷，身体摧藏。志念抑沉，不得颉颃。

虽得委禽，心有徊惶。我独伊何，来往变常。

翩翩之燕，远集西羌。高山峨峨，河水泱泱。

父兮母兮，进阻悠长。呜呼哀哉，忧心恻伤。

诗的意思是说：秋天里的树林变得萧条，满山的树叶都已经变黄。栖居的鸟儿已经羽毛丰满，能够离开家乡，让彩云带到神秘的曲房。这只鸟曾经被困在深宫里，不能去天空自由翱翔。虽然有吃有喝，但是心中满是寂寞忧伤。翩翩的紫燕到西羌汇集，我的梦想也在遥远的地方。高山巍巍耸立啊，河水滔滔流淌。爹娘再见啊，道路漫长。悲伤啊悲伤，一个姑娘在忧愁地歌唱……

昭君的歌声和琵琶声非常美妙，南飞的大雁低头贪看骆驼上的她，居然忘记摆动翅膀，纷纷跌到昭君前面的沙地上。人们形容美女时常用一个成语"沉鱼落雁"，其中的"落雁"就出自"昭君出塞"的故事。

王昭君到了匈奴之后，被封为"阏氏（yānzhī）"，也就是王后。她教匈奴百姓汉族文化，做了很多有利于民族团结的好事情，受到匈奴百姓的爱戴。王昭君死后，被葬在大黑河南岸，她的墓上没有草木，但是在远处看，总是青蒙蒙的，所以就被人们称为"青冢"。

迢迢牵牛星

[汉] 佚 名

迢迢①牵牛星，皎皎②河汉女③。

纤纤④擢⑤素手，札札⑥弄⑦机杼⑧。

终日不成章⑨，泣涕⑩零如雨。

河汉清且浅⑪，相去⑫复几许⑬？

盈盈⑭一水⑮间⑯，脉脉⑰不得语。

注释

① 迢（tiáo）迢：遥远的样子。

② 皎皎：明亮的样子。

③ 河汉女：指织女星。

④ 纤纤：纤细柔长的样子。

⑤ 擢（zhuó）：摆动。

⑥ 札（zhá）札：象声词，织机声。

⑦ 弄：摆弄。

⑧ 杼（zhù）：织机上的梭子。

⑨ 章：指布帛上的经纬纹理，这里指整幅的布帛。

⑩ 涕：眼泪。

⑪ 清且浅：清又浅。

⑫ 相去：相离，相隔。

⑬ 复几许：又能有多远。

⑭ 盈盈：水清澈晶莹的样子。

⑮ 一水：指银河。

⑯ 间（jiàn）：间隔。

⑰ 脉（mò）脉：相视无言的样子。

相传很久很久以前，在一个偏僻的小山村里，有一个放牛的小伙子，人们叫他牛郎。牛郎的父母死得早，他只能跟着哥哥嫂子一起生活。嫂子很自私，对他很不好，后来干脆闹着跟他分了家，哥哥嫂子恨不得霸占家里的所有东西，只把一头老牛分给了牛郎。

牛郎把老牛看成自己的亲人，照顾得非常周到。有一天，他把老牛喂饱，刚要离开，突然听到老牛开口说话，告诉他一个秘密：天上的仙女要到凡间游玩，其中最美丽的一个仙女名叫织女，专门负责在天上织云彩。我们平时在地上看到的白云和彩霞，传说就是勤劳善良的织女在天上织出来的。

后来，老牛帮助牛郎结识织女，他们两个人互相喜欢，就结了婚，生下一对可爱的龙凤胎。织女把天上的天蚕分给村里的乡亲们，把纺织的技术手把手教给大家。牛郎和织女男耕女织，日子过得很幸福。有一天，老牛却流着泪告诉牛郎，自己实在太老了，马上就要死了。老牛特别叮嘱牛郎，在自己死后，一定要把牛皮留着，将来有什么紧急事情就披在身上。随后，老牛缓缓闭上了眼睛。

过了几天，家里果然出现紧急事情。原来，织女偷偷下凡，王母娘娘当初并不知道。当她得知这件事之后非常愤怒，亲自来到织女家，把织女强行拉走。

两个孩子见到这一情形一起哭喊，牛郎连忙赶回来，王母娘娘已经拉着织女回到了天上。牛郎忽然想起老牛的临终嘱咐，赶紧找出那张牛皮披在身上，他惊异地发现，自己两脚生风，居然会飞了。

牛郎又找出一根扁担，把两个孩子放在两头的竹篓里，担着孩子们，腾云驾雾去追赶织女。

织女不愿意离开牛郎和孩子，一直抗拒着王母娘娘，所以她们飞得很慢。牛郎飞起来的速度却非常快，不一会儿就赶上她们。牛郎的两个孩子一起高声喊娘亲。王母娘娘回头一看，慌忙拔下头上的金簪，在空中用力一挥，一条飞卷着浪涛的天河突然出现在牛郎面前，牛郎和织女就这样被分隔在天河两岸。

牛郎织女的深情，感动了天上的喜鹊。它们从四面八方飞过来，在天河上搭起一座"鹊桥"，让牛郎织女在鹊桥上相会。那一天是农历七月七日，王母娘娘只好答应他们，往后每年的这一天在鹊桥上相会一次。他们变成了两颗星星，一颗叫牵牛星，一颗叫织女星。后来，这一天就成了我国的一个传统佳节——七夕，据说这一天夜里躲在葡萄架下，还能听到牛郎和织女说悄悄话呢！

汉代民歌《迢迢牵牛星》就是较早吟咏牛郎织女故事的作品，这首诗是这样写的：

迢迢牵牛星，皎皎河汉女。

纤纤擢素手，札札弄机杼。

终日不成章，泣涕零如雨。

河汉清且浅，相去复几许？

盈盈一水间，脉脉不得语。

这首诗展开优美的想象，生动描述了牛郎和织女被银河阻隔、

不能相会的悲剧传说。诗的视角从银河南北两岸开始，从两处落笔，
"迢迢""皎皎"是古诗中的互文笔法，生动描绘出两颗星距离遥远，也形容两颗星的皎洁明亮。接下来的第三句到第六句，对织女思念牛郎的心理活动和行动细节进行集中刻画，把她的悲伤心情表达得淋漓尽致。最后四句是诗人的直接抒情，表达了深切的同情和真挚的感叹。

四愁诗

[汉] 张 衡

我所思兮在太山，欲往从之梁父艰。侧身东望涕沾翰①。
美人赠我金错刀，何以报之英琼瑶②。
路远莫致倚逍遥，何为怀忧心烦劳。

我所思兮在桂林，欲往从之湘水深。侧身南望涕沾襟。
美人赠我金琅玕③，何以报之双玉盘。
路远莫致倚惆怅，何为怀忧心烦伤。

我所思兮在汉阳，欲往从之陇阪④长。侧身西望涕沾裳。
美人赠我貂襜褕⑤，何以报之明月珠。
路远莫致倚踟蹰⑥，何为怀忧心烦纡。

我所思兮在雁门，欲往从之雪纷纷。侧身北望涕沾巾。
美人赠我锦绣段，何以报之青玉案。⑦
路远莫致倚增叹，何为怀忧心烦惋。

注释

① 翰：衣襟。
② 琼瑶：美玉。
③ 金琅玕（gān）：用金装饰的美玉。
④ 陇阪：即陇山。
⑤ 襜褕（chānyú）：直襟的单衣。
⑥ 踟蹰（chíchú）：徘徊不前的样子。
⑦ 案：放食器的小几（形如有脚的托盘）。

张衡是东汉时期的一位科学家和文学家。小时候，父母带着他在打谷场上乘凉，别的孩子们玩得很欢乐，张衡却一个人静静地仰望星空，半天不说话。这时有人问他："张衡你仰着脸看什么呢？"他回答说："我在数星星呢！"他的回答让人们哈哈大笑，旁边一个人接着打趣地问道："数到多少颗啦？"张衡认真地说："数到一千多颗了。"

这时有人对他说："别数啦，星星是数不清的。"张衡坚持说："只要我不断地数下去，一定能够数得清。"说完，他又固执地把小脑袋仰向天空。父亲看他这么执着，就开导他说："人们把天上的星星分成一个个星官。你学习星官的知识，就能了解星星们的分布规律，这样才能把它们数清楚。"张衡跟着父亲一起看星星，认识了好多有意思的星官，也掌握了很多天文知识。后来他读到一本名叫《鹖冠子》的书，书中有"按照北斗星定季节"的记述，他就在观察星空的时候，仔细记录北斗星的位置变化，终于理解了"斗转星移"的真正含义。

张衡长大后曾两度出任专管天文的太史令，在天文学方面很有成就。比如，他认为大地是圆的，月亮绕着地球转，借着太阳的光而发光，并粗略地解释了月食是由月球进入地影而产生的，还观测和记录了中原地区能看到的星星，绘制了一幅星图，发明了浑天仪、指南车等仪器。浑天仪用铜制成，上面刻着日月星辰，靠流水冲击来不断转动，不用出去看天空也能知道星星升沉的方向和规律。

　　那时候，都城洛阳附近经常发生地震。张衡想：如果能有一种
准确测定地震方位的仪器就好了。于是，他开始认真钻研和思考，
公元 132 年，他用青铜铸造出世界上第一个预测地震的仪器，叫地
动仪。地动仪外形像一个圆的酒坛子，中心藏有一根粗铜柱，周围
环绕八根细细的铜杆。地动仪外面浇铸八条铜龙，龙头连着里面的
铜杆，龙嘴衔（xián）着活动的小铜球。龙头的方向分别对应着东、
南、西、北、东北、东南、西北、西南。龙嘴下面各蹲坐着张开嘴
巴的铜蟾蜍（chánchú）。哪个方向发生地震，地动仪内部的铜柱
就会朝哪个方向的铜杆倾斜，带动外面的龙头，使那个方向的龙嘴
张开，小铜球就会掉到蟾蜍嘴里，这样人们就知道发生地震的方向。

　　公元 134 年，有一次，代表西方的小铜球忽然掉下来了，但是
人们没有感到大地有什么震动，于是纷纷议论，怀疑地动仪根本不
灵。又过了几天，甘肃忽然报告，说他们那里发生了地震，连山都

如果诗词会讲故事·秦汉篇

塌了，人们这才相信了地动仪的灵验。

除了科学发明，张衡的文学作品也很优秀，我们来分享他的一首《四愁诗》：

我所思兮在太山，欲往从之梁父艰。侧身东望涕沾翰。美人赠我金错刀，何以报之英琼瑶。路远莫致倚逍遥，何为怀忧心烦劳。

我所思兮在桂林，欲往从之湘水深。侧身南望涕沾襟。美人赠我金琅玕，何以报之双玉盘。路远莫致倚惆怅，何为怀忧心烦伤。

我所思兮在汉阳，欲往从之陇阪长。侧身西望涕沾裳。美人赠我貂襜褕，何以报之明月珠。路远莫致倚踟蹰，何为怀忧心烦纡。

我所思兮在雁门，欲往从之雪纷纷。侧身北望涕沾巾。美人赠我锦绣段，何以报之青玉案。路远莫致倚增叹，何为怀忧心烦惋。

诗分四章，分别列举东、南、西、北四个方位的地名，表达诗人心中广大辽远、无可逃避的惆怅忧伤。四章结构相同，按"所思、欲往、涕泪、相赠、伤情"的次序层层递进，表达对美人的向往和追求，其实是委婉地表达自己的政治理想无法实现的苦闷和彷徨，从侧面反映了现实社会的黑暗和险恶。清代沈德潜称此诗"心烦纡郁，低徊情深，风骚之变格也"。在此以前，七言诗或是杂以八言、九言，或是每句前三字、后三字中间夹一"兮"字。《四愁诗》全诗均为七言句式，每句都采用上四下三的形式，已具备七言诗的雏形。全诗纷错起伏，深沉跌宕（dàng），循环往复，回肠荡气。

与刘伯宗绝交诗

[汉] 朱 穆

北山有鸱，不絜①其翼。

飞不正向，寝不定息。

饥则木揽②，饱则泥伏。

饕餮贪污，臭腐是食。

填肠满嗉③，嗜欲无极。

长鸣呼凤，谓凤无德。

凤之所趋，与子异域。

永从此诀，各自努力。

注释

① 絜：整齐。

② 木揽：指登木捉小鸟为食。

③ 嗉（sù）：鸟类喉下的嗉囊。

东汉时期，南阳郡（今河南省南阳市）有一位著名的读书人，名叫朱穆。他很小的时候只要听说父母生病，就忧虑得吃不下饭。这件事传开，人们都夸奖他孝顺。朱穆长大后读书非常用功，博通经史。汉顺帝末年，他随从大将军梁冀，掌管军事纪要的相关事宜。当时朝廷里的大权由梁冀把持。这个人昏庸残暴，朱穆多次劝阻他，后来惹得他不高兴了，梁冀就把朱穆安排到冀州去做刺史。

因为朱穆刚正不阿，执法如山，听说他要来冀州，当地的贪官污吏们吓坏了，有四十多人连官印都不要就逃走了。朱穆到任后，举劾（hé）权贵，张理天网，补缀漏目，威略权宜，带来一股官场清风。当时有一位宦官在老家安平做了违反礼制的事情，谁也不敢管，朱穆坚决处罚了他。结果，这个宦官就到皇帝那儿打小报告，梁冀也跟着煽风点火，皇帝大怒，把朱穆抓到都城关了起来。

有位名叫刘陶的太学生听到这个消息，愤愤不平，带领数千名太学生一起来到皇宫外请愿，要求释放朱穆。他们还给皇帝写了封公开信，表示要是不放朱穆，大伙愿意和朱穆一起"黥（qíng）首系趾"。"黥首"就是在脸上刺字，"系趾"就是在脚上戴镣铐，也就是说，他们愿意和朱穆一起坐牢受罚。皇帝明白事情真相后，便释放了朱穆，准许他返回老家南阳。

当时，有一位名叫刘伯宗的人，过去是朱穆的朋友。朱穆做丰县县令的时候，他便与朱穆结交。朱穆做侍御史时，他也曾来拜见朱穆。可是，后来刘伯宗担任两千石的大官，而朱穆受到迫害降职的时候，刘伯宗却趾高气扬，对着朱穆指手画脚起来。朱穆一怒之下，写了一封《与刘伯宗绝交书》，批评他"于仁义道何其薄哉"。他还写了一首《与刘伯宗绝交诗》，诗是这样写的：

> 北山有鸱，不絜其翼。飞不正向，寝不定息。饥则木揽，饱则泥伏。饕餮贪污，臭腐是食。填肠满嗉，嗜欲无极。长鸣呼凤，谓凤无德。凤之所趋，与子异域。永从此诀，各自努力。

这首诗巧妙地以鸟喻人，委婉含蓄而又力道十足。意思是说：北山上有一只羽毛不整齐的猫头鹰，飞时专走歪门邪道，睡时没有一个正形，饥了就掏别的鸟窝，饱了就蜷进臭泥。贪婪又低贱，嘴里叼着臭老鼠，却说凤凰要来和自己争抢。其实凤凰要走的方向，和你根本不同。从此永远告别，我们都各自珍重吧。朱穆把自己比作凤凰，把刘伯宗比作猫头鹰，用绝妙的文字讽刺了刘伯宗，毅然和刘伯宗绝交。

　　朱穆在南阳待了好几年，又被朝廷请了出来，担任尚书。这时，皇帝已经换成了汉桓帝。朱穆还是不改嫉恶如仇的老脾气，尤其是对"凶狡无行""媚以求官""恃势怙（hù）宠""渔食百姓"的宦官恨之入骨，必欲除之。朱穆一遍遍向汉桓帝陈述宦官的罪状，却引得汉桓帝非常恼火，朱穆也遭到宦官们的诋毁。有一回，朱穆在劝谏汉桓帝时痛哭流涕，伏地不起。汉桓帝很不耐烦，就叫人把他直接拉了下去。朱穆脾气刚烈，回家后没几天，因为"愤懑发疽（jū）"，也就是生闷气，长了毒疮，憋屈地去世了。

神童答客

答客诗

[汉] 桓 麟

邈①矣甘罗，超等②绝伦③。

伊彼扬乌，命世称贤。

嗟予蹇弱，殊才伟年。

仰惭二子，俯愧过言。

注释

① 邈：遥远。

② 超等：超越同辈。

③ 绝伦：没有可以相比的。

东汉时期，沛郡龙亢（今安徽省怀远县）有一个十二岁的小孩，名叫桓麟。这孩子从小就热爱学习，能作一手好诗。有一位客人见他这么聪明，就吟了一首诗夸奖他：

甘罗十二，扬乌九龄。

昔有二子，今则桓生。

参差等踪，异世齐名。

诗的第一句是讲甘罗拜相的故事。甘罗是战国末期一位有名的神童，十二岁的时候就被秦王封为上卿。上卿是秦国的一个官职，地位相当于后来的丞相，所以历史上就流传下来甘罗十二岁拜相的故事。

甘罗从小就聪明机智，能言善辩。他的祖父名叫甘茂，原是秦国的左丞相，后来受到别人排挤，只好逃离秦国，不久就逝世了。甘罗和家人留在秦国。为了谋生，他很小的时候就到当时的秦相吕不韦家里打杂。吕不韦想派一个名叫张唐的人出国办一件事，但张唐就是不愿意去。甘罗发挥自己的聪明才智，很快就说服张唐，让他高高兴兴去为国家办事。吕不韦很高兴，也见识到甘罗的才能。接着有一个出使赵国的任务，吕不韦就向秦王保举，让甘罗担任，那一年甘罗才十二岁。

　　赵王看一个小孩子来做使臣，就说："秦王难道没有人才了吗？怎么让小孩子出使！"甘罗答道："秦王都是按照使臣的才能大小来分配任务。才能大的担当大责任，才能小的担当小责任。我一个小孩子才能很小，秦王这次就派我来了。"

　　赵王觉得这个小孩子出口不凡，很喜欢他，就和他交谈起来。甘罗这次到赵国的任务，是想说服赵国，让他们和燕国绝交，和秦国交好。甘罗最后大获成功，赵王还同意把五座城池送给秦国作为礼物。最后，甘罗把这五座城池的地图带回了秦国。接着，赵国又出兵攻占了燕国的三十座城池，把其中的十一座城池也送给了秦国。甘罗的这次出使，让秦国一下子多了十六座城池。秦王非常高兴，就按照功劳，封甘罗为上卿，人们把甘罗称为"小神童"。因为这时他才十二岁，所以人们就把孩子十二岁这一年，称作"甘罗拜相年"。

言归桓麟的故事。客人见到桓麟那么聪明，就用甘罗的故事来夸奖他。诗歌的第二句"扬乌九龄"，指的是西汉文学家扬雄的儿子扬乌，据说扬乌九岁就能和父亲讨论学问。

桓麟听了客人的夸奖，并没有飘飘然，而是马上吟出一首《答客诗》：

邈矣甘罗，超等绝伦。

伊彼扬乌，命世称贤。

嗟予蹇弱，殊才伟年。

仰惭二子，俯愧过言。

这首诗的意思是说：甘罗、扬乌都很优秀，自己比起他们还相差很远，需要努力向他们学习。桓麟的诗写得很谦虚得体，而且写得很快。客人听了，大声叫好。桓麟长大以后，成为一位著名的学者，他亲撰的《七说》和《太尉刘宽碑》两篇文章，都流传下来。

神童答客

枯鱼的眼泪

枯鱼过河泣

[汉]佚 名

枯鱼①过河泣,何时②悔复及。

作书与鲂③鱮④,相教慎出入。

注释

① 枯鱼:干枯的鱼。

② 何时悔复及:言追悔不及。

③ 鲂(fáng):鲂鱼,形状与鳊鱼相似而较宽,银灰色,胸部略平,腹部中央隆起。

④ 鱮(xù):即鲢鱼。

东汉末年,有一位未知姓名的作者,写了一首名叫《枯鱼过河泣》的诗。诗是这样写的:

枯鱼过河泣,何时悔复及。

作书与鲂鱮,相教慎出入。

这首诗讲述的是一则哲理小故事,故事是这样的:河里有一条淘气的鱼,每天在水里自由自在地游泳。可是,有一天,它一不小心,被打鱼的人给捉住了。它又蹦又跳,想了很多办法,却还是没回到河水里去。渔夫把这条鱼捉住之后,放在太阳底下暴晒,最后晒成了鱼干。那条自在游泳的鱼,变成一条可怜的枯鱼。一天,渔夫带着这条枯鱼,晃晃悠悠地坐着船从河上经过。

枯鱼跟着渔夫重新回到河上,想起自己的兄弟们就在河里游动着，它的心里非常激动，后悔自己误吞鱼饵，葬身渔网。它想着想着，眼泪不自觉地滴滴答答流下来。直到听到渔夫一声呼喊，船就要靠到对岸，它心里一惊，突然想到：现在哭泣有什么用呢？还是赶紧给鲂鱼和鱮鱼那些好兄弟捎个口信吧，提醒它们在河水里来去的时候，一定要多加提防，小心被捕。无论出门还是回家，都要吸取我的教训，不然到时候被晒成鱼干，后悔就来不及了。

这首诗的作者心地善良，他可能是在一个偶然的机会下，提着一条枯鱼渡过河流。看着奔流的河水，他把自己想象成那条枯鱼，默默体味着枯鱼的叹息和眼泪，把枯鱼的心理活动表达得活灵活现、合情合理。东汉末年，社会动乱，民不聊生。作者在这里其实也是借着枯鱼的眼泪委婉表达动荡年代里底层人民的忧虑和不安。

这首《枯鱼过河泣》形式很新颖，被后世学者当作五言绝句的最早雏形，很多诗人模仿这首诗的写作方法。就连唐朝的大诗人李白，也仿写过一首同名的《枯鱼过河泣》。李白的诗是这样写的：

　　白龙改常服，偶被豫且制。

　　谁使尔为鱼，徒劳诉天帝。

　　作书报鲸鲵，勿恃风涛势。

　　涛落归泥沙，翻遭蝼蚁噬。

　　万乘慎出入，柏人以为识。

李白这首诗原样复制了汉代无名诗人的构思，不过他的诗里还涉及到春秋时期的伍子胥给吴国大王讲的故事。故事里说：有一条天上的白龙变成一条鱼，在一个清冷的深潭里游玩，结果被一个叫豫且的打鱼郎用鱼叉射中了眼睛。白龙向天帝状告豫且，要求给豫且降罪。天帝反问这条白龙："豫且捕鱼的时候，你是用龙的形象出现，还是用鱼的形象出现呢？"白龙说："我在深潭里变成了一条鱼。"天帝随后说道："打鱼郎就是要打鱼的，你既然变成了鱼，豫且还有什么罪呢？"于是白龙也要给鲸鲵们写一封信，告诉它们别趁着风浪就得意忘形，也要小心谨慎。不然等风涛退去，留在沙滩上的鲸鲵也只能被蝼蚁吞噬。

饮马长城窟行

[汉] 蔡 邕

青青河畔草，绵绵思远道。

远道不可思，宿昔①梦见之。

梦见在我傍，忽觉②在他乡。

他乡各异县，展转③不相见。

枯桑④知天风，海水知天寒。

入门⑤各自媚⑥，谁肯相为言⑦？

客从远方来，遗我双鲤鱼⑧。

呼儿烹⑨鲤鱼，中有尺素书⑩。

长跪⑪读素书，书中竟何如？

上言加餐食，下言长相忆。

注释

① 宿昔：指昨夜。

② 觉：睡醒。

③ 展转：不定。

④ 枯桑：落了叶的桑树。这两句是说枯桑虽然没有叶，仍然感到风吹，海水虽然不结冰，仍然感到天冷。比喻那远方的人纵然感情淡薄也应该知道我的孤凄、我的想念。

⑤ 入门：指各回自己家里。

⑥ 媚：爱。

⑦ 言：问讯。

⑧ 双鲤鱼：指藏书信的函。

⑨ 烹：煮。假鱼本不能煮，诗人为了造语生动故意将打开书函说成烹鱼。

⑩ 尺素书：古人写文章或书信用长一尺左右的绢帛，称为"尺素"。

⑪ 长跪：伸直了腰跪着。古人席地而坐，坐时两膝着地，臀部压在脚后跟上。跪时将腰伸直，上身就显得长些，所以称为"长跪"。

蔡文姬是东汉大学者蔡邕（yōng）的女儿，博学能文，擅长诗赋与音律。我们现在非常熟悉的"青青河畔草"这句诗，就是蔡文姬的父亲蔡邕写的，诗名叫《饮马长城窟行》，前半首是：

青青河畔草，绵绵思远道。

远道不可思，宿昔梦见之。

梦见在我傍，忽觉在他乡。

他乡各异县，展转不相见。

枯桑知天风，海水知天寒。

相传古长城边有水窟，可供饮马，诗题就是从这个传说而来的。

这首诗以沿河的青草连绵不断起兴，利用梦中和梦醒的对比，表达对远方亲人的思念。意思是说：河边长满青青春草，连绵不断地铺向远方，让我想起远方的亲人。亲人啊亲人，经常会在梦中遇见，梦醒才发觉是场空欢喜。朽空的桑树能够知道天风的踪迹，苦咸的海水也知道凄凉的滋味。

有一次，蔡邕在吴地（今江浙一带）的一户友人家做客，在他们家的厨房外面听到桐木在火中噼啪爆裂，声音非常美妙。他知道这是一块做琴的好材料，来不及和友人商量，就赶紧把这块桐木从火中抢了出来。后来他用这块桐木做成一张琴，音色果然特别动听。因为这块木头的尾部已经被烧焦，蔡邕干脆就把它叫作焦尾琴。

蔡邕非常喜欢这张焦尾琴，经常用它演奏自己喜爱的琴曲。有一天深夜，他弹着弹着，琴弦突然断了。蔡文姬当时正在窗外听得

入神，就忍不住发出一声惊呼："哎呀，怎么左数第二根琴弦断了呢？"蔡邕听到她的惊呼，非常惊讶：她在窗外怎么能够听出是左数第二根琴弦断了呢？肯定是蒙的吧。于是，就故意弄断紧挨着的另外一根琴弦，蔡文姬马上又发出一声叹息："怎么把左数第三根琴弦也弄断了呢？"蔡邕于是知道她有音乐天赋，非常高兴，就更加努力地教授女儿琴艺。蔡文姬此后在琴曲和诗歌方面成就很大，还写出《胡笳十八拍》《悲愤诗》等名作。

后来，蔡邕被别人杀害，蔡文姬度过了一段非常凄凉的日子，后来得到曹操的帮助，生活才逐渐安定下来。

曹操曾经问蔡文姬："我记得你的父亲写了很多著作，现在家里还能找到吗？"

蔡文姬悲伤地叹了一口气，说道："我父亲著作很多，生前给我留下的书也很多。可是经过战乱，已经全部散失了。不过，我还能够背出其中的四百多篇。"

曹操非常爱才，也很重视保存文化，就说："我派几个人去你家，帮你整理抄写这些著作吧。"

于是，蔡文姬就把她记忆里的四百多篇诗文著作全部写了出来，交给曹操。我们现在看到蔡邕的所有作品，都是凭借蔡文姬惊人的记忆力，才得以在后世流传的。

仙人王子乔

生年不满百

[汉] 佚 名

生年不满百，常怀千岁忧①。

昼短苦夜长，何不秉烛游②！

为乐当及时，何能待来兹③？

愚者爱惜费④，但为后世嗤⑤。

仙人王子乔⑥，难可与等期⑦。

注释

① 千岁忧：指很深的忧虑。千岁，多年，时间很长。

② 秉烛游：犹言作长夜之游。

③ 来兹：就是"来年"。

④ 费：费用，指钱财。

⑤ 嗤：讥笑，嘲笑，此处指轻蔑地笑。

⑥ 王子乔：古代传说中的仙人。

⑦ 期：本义为约会、约定，这里引申为等待。

汉代《古诗十九首》中，有一首《生年不满百》，写得非常深刻。

这首诗是这样写的：

生年不满百，常怀千岁忧。

昼短苦夜长，何不秉烛游！

为乐当及时，何能待来兹？

愚者爱惜费，但为后世嗤。

仙人王子乔，难可与等期。

诗的意思是说：有的人生年不足百岁，却愚蠢地忧虑千年以后的事情。既然知道白天短黑夜长，为什么不拿着烛火彻夜欢乐游赏呢？欢乐时就要尽情欢乐，不要等待来年。不要贪婪和吝惜财物，否则只能给后辈留下一个笑话。谁能够像仙人王子乔那样，永远也不死亡呢？全诗旷达豪放，对热衷聚财惜费的人进行了辛辣的讽刺。

这首诗中最后两句"仙人王子乔，难可与等期"中提到的王子乔，出自一个古老的神话故事。故事里说，王子乔是周灵王的太子，号称"升仙太子"。他特别擅长吹笙，能够吹出凤凰鸣叫一样的美妙声音。只要他的笙一响，就常有仙鹤和其他各种鸟儿从远处飞来，随着他吹出的旋律翩翩起舞。

王子乔不喜欢那种庸俗的宫廷生活，更不想继承父亲的王位。他自己悄悄地从王宫离开，来到了伊水和洛水一带，四处游览，访学问道。

有一天黄昏，彩霞满天，他遇到一位白发飘飘的老道士。这位老道士从高高的嵩山上走下来，踩着金黄色的阳光，披着一身灿烂的红霞，远看就像神仙一样。王子乔礼貌地走上前去，和老道士打招呼。

老道士说："我是浮丘公，在嵩山修道。施主怎么称呼？"

王子乔说："我叫王子乔，请您收留我，让我上山学道。"

浮丘公一眼就看出王子乔的来历，嘴里轻轻说了"升仙太子"四个字，然后点点头，说道："跟我来。"

　　后来，浮丘公收王子乔为徒，带着他在嵩山顶上潜心修炼。一眨眼的工夫，就过去了三十年，王子乔的仙术已经修炼得十分出色。这时，在位的是他的弟弟周景王。周景王十分想念王子乔，就派王子乔的好友桓良四处寻找他。

　　桓良终于在嵩山找到王子乔时，发现王子乔的模样一点儿也没变化，还是年轻时候的样子，而桓良却已经满头白发，王子乔认不出来者是桓良。

　　王子乔仔细辨认，发现是老友到访，非常高兴。桓良告诉他，他的家人们都很想念他。王子乔说："请您给我的家人带个信，他们如果想见我，就在七月七日那天到缑（gōu）氏山来，我会和亲人们见个面。"

　　到了七月七日，桓良领着周景王等人来到缑氏山。可是，他们

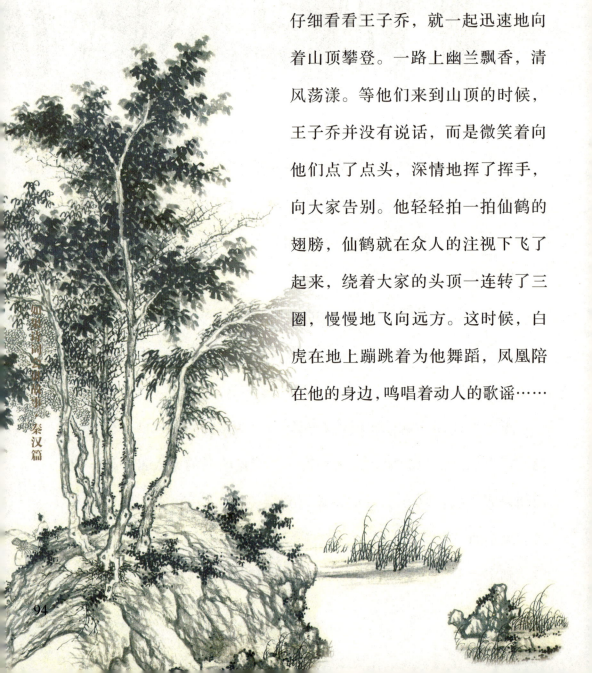

找来找去都没有找到王子乔。

周景王疑惑地问桓良："你不会听错吧？"

桓良还没有来得及回答，只见山顶上红光闪闪，彩虹道道，王子乔身披白色的鹤氅（chǎng），骑着一只巨大的仙鹤，远远地向着周景王这边频频招手。周景王和桓良立刻欢呼起来，他们想过去仔细看看王子乔，就一起迅速地向着山顶攀登。一路上幽兰飘香，清风荡漾。等他们来到山顶的时候，王子乔并没有说话，而是微笑着向他们点了点头，深情地挥了挥手，向大家告别。他轻轻拍一拍仙鹤的翅膀，仙鹤就在众人的注视下飞了起来，绕着大家的头顶一连转了三圈，慢慢地飞向远方。这时候，白虎在地上蹦跳着为他舞蹈，凤凰陪在他的身边，鸣唱着动人的歌谣……

短歌行

[汉] 曹 操

对酒当歌①，人生几何？譬如朝露，去日②苦多。

慨当以慷③，忧思难忘。何以解忧？唯有杜康④。

青青子衿，悠悠我心⑤。但为君故，沉吟⑥至今。

呦呦⑦鹿鸣，食野之苹⑧。我有嘉宾，鼓⑨瑟吹笙。

明明如月，何时可掇⑩？忧从中来，不可断绝。

越陌度阡⑪，枉用相存⑫。契阔谈䜩⑬，心念旧恩。

月明星稀，乌鹊南飞。绕树三匝⑭，何枝可依？

山不厌高，海不厌深⑮。周公吐哺⑯，天下归心。

注释

① 对酒当歌：一边喝着酒，一边唱着歌。

② 去日：过去的日子。

③ 慨当以慷：宴会上的歌声激昂慷慨。

④ 杜康：相传是最早造酒的人，代指酒。

⑤ 青青子衿（jīn），悠悠我心：比喻渴望得到有才学的人。

⑥ 沉吟：沉思，深思，这里指对贤才的思念和倾慕。

⑦ 呦（yōu）呦：鹿叫的声音。

⑧ 苹：艾蒿。

⑨ 鼓：弹。

⑩ 何时可掇（duō）：什么时候可以摘取呢？

⑪ 越陌度阡：穿过纵横交错的小路。

⑫ 枉用相存：屈驾来访。

⑬ 䜩（yàn）：通"宴"。

⑭ 三匝（zā）：几周。

⑮ 海不厌深：表示希望尽可能多地接纳人才。

⑯ 吐哺：极言殷勤待士。

三国时期，曹操平定北方的割据势力，控制朝政，亲自率领八十三万大军，在长江北岸列阵，准备渡江攻打孙权和刘备的军队，完成统一全中国的大业。

公元208年初冬的一天，天气很好，风平浪静。曹操下令："在大船上摆酒设宴，今晚我要和众将不醉不归。"到了晚上，天空的月亮升起，像白天的太阳那么明亮，面前的长江滔滔流过，像横飘的素带那么壮观。再看船上众位将军，个个锦衣绣袄，荷戈执戟，真神气啊。

曹操遥望南屏山，看见山色如画，再环顾四周，心里非常高兴，对众将说道："我自起兵以来，立誓为国除害，扫清四海，统一天下。现在我只有南方还没得到，今天我们有百万雄师，又有诸位大将为国效力，有什么办不到的事呢！"文武官员们都起身道贺："祝我

如果诗词会讲故事·秦汉篇

们早日胜利，高奏凯歌。"曹操非常高兴，先让士兵拿来白酒洒向长江，表示对长江的敬意，又满满倒了三大杯酒，端起来一饮而尽，接着哈哈大笑。

在笑声中，他让士兵拿来他作战时的武器——槊（shuò），对众将说："这根槊跟着我参加了很多战役，纵横天下，立下赫赫战功。"槊是古代一种类似长矛的兵器。曹操把这根槊横在胸前，兴致勃勃地舞动起来。

这时候，忽然有一群乌鸦鸣叫着向南飞去。曹操问："这些乌鸦怎么到晚上还叫啊？"他手下的人们回答说："估计是乌鸦们看见月光明亮，以为早晨到了，就离开自己树上的窝出来鸣叫。"曹

操点点头，说："在这良辰美景，不能没有诗歌助兴。来！我作歌，你们跟着和。"

接着他就唱了起来，其中有这么几句：

> 青青子衿，悠悠我心。
>
> 但为君故，沉吟至今。
>
> 呦呦鹿鸣，食野之苹。
>
> 我有嘉宾，鼓瑟吹笙。

其中的"呦呦鹿鸣，食野之苹。我有嘉宾，鼓瑟吹笙"是直接从《诗经》的《鹿鸣》中引用而来的。

曹操通过这首诗，表达自己渴求人才的心情。这几句诗虽然没有明确地说出"求贤"二字，但曹操用《诗经》中的典故来作比喻，含蓄又深沉。曹操横槊赋诗时引用《鹿鸣》中描写欢宴情景的一段诗句，意思是说：请各方贤良的人才们放心，只要你们到我这里来，我就一定会以嘉宾之礼来招待，我们一同和谐相处、协力合作。曹操广泛征招人才，而且也懂得按实际情况使用人才，所以他的势力发展很快，在整个三国时期，他的实力也是最强的。这种尊重人才、知人善任的明智做法，对我们今天如何满足多方位、多层次的人才需求也具备有益的启迪。

美丽的女神

洛神赋（节选）

[汉] 曹 植

翩若惊鸿，婉若游龙。

荣曜秋菊，华茂春松。

髣髴兮若轻云之蔽月，

飘飖兮若流风之回雪。

远而望之，皎若太阳升朝霞；

迫而察之，灼若芙蕖出绿波。

　　曹植是曹操的儿子。他很小的时候，就能背诵《诗经》《论语》和各种辞赋等，还写得一手好文章。有一回，曹操看到曹植的一篇文章写得实在太好，有点儿不相信，就把曹植叫过来，直接问他："这文章是你自己写的，还是请别人替你写的？"曹植跪下回答："这确实是我写的文章，不信您可以当面考我。"

　　恰好当时铜雀台刚刚建好，曹操就让曹植以铜雀台为题，写一篇文章。铜雀台建在漳河岸边，高十丈，分三台，每台相距六十步，中间用飞桥相连，构筑精巧，气势宏伟。

　　曹植听到父亲出题，不慌不忙地绕着铜雀台转了三圈，回来拿起毛笔，在父亲面前当场挥毫，写出了一篇《登台赋》，前面是这样写的：

从明后而嬉游兮，登层台以娱情。

见太府之广开兮，观圣德之所营。

建高门之嵯峨兮，浮双阙乎太清。

立中天之华观兮，连飞阁乎西城。

临漳水之长流兮，望园果之滋荣。

仰春风之和穆兮，听百鸟之悲鸣。

这首诗辞藻华美，铺陈细腻，格局宏阔，不同凡响。曹操读后，感到十分惊异，连连点头称赞。

曹植的《登台赋》写得不错，但还不是他最好的诗作。他最有影响的作品是《洛神赋》。这篇名作记录了一位美丽女神的故事。

曹植长大后，喜欢上一位姓甄（zhēn）的女子，想娶她做妻子。可是阴差阳错，那位女子嫁给哥哥曹丕，后来不幸被奸人害死。这位姓甄的女子去世后，曹植找到她生前用过的一个玉缕金带枕，悄悄留作纪念。这时，曹操已经去世，曹丕当了皇帝。

有一次，曹植去皇宫按照礼节拜见魏文帝曹丕，回来独自看着那个玉缕金带枕，心中又想起那个女子，不由得难过起来。于是他就坐着车外出散心，一直驶出洛阳城，来到清波荡漾的洛水岸边。这时已经是夕阳西下，河面翻着金光。他在生满香草的岸边停下车，让马儿自己吃草歇息，他自己在树林中安然悠闲地走了一会儿，觉得有点儿累，就倚靠在一棵大树下睡着了。

他在梦中看到一个美丽的女子从水中央升起，在山崖旁边向他

招手。女子长得：

　　翩若惊鸿，婉若游龙。荣曜秋菊，华茂春松。

　　髣髴（fǎngfú）兮若轻云之蔽月，

　　飘飖（yáo）兮若流风之回雪。

　　远而望之，皎若太阳升朝霞；

　　迫而察之，灼若芙蕖出渌波。

　　意思是说：那女子轻盈柔美像受惊后的翩翩鸿雁，矫健潇洒像
嬉戏的游龙，鲜明光彩像美丽的秋菊，华美风流如同亭亭的春松。
她就像月亮边的白云，就像北风中的白雪，就像朝霞中的红日，就
像绿水中的清荷，真是太漂亮了！

　　曹植仔细一看，这不正是他日夜思念的那位姓甄的女子吗？女

子轻启朱唇，把自己在人间的不幸遭遇一一告诉曹植。原来，连天帝也怜悯她的冤屈和悲惨，封她做管理洛水的神仙。曹植听得泪流满面，放声痛哭。洛神自己也越来越激动，眼波流转，泪花闪烁，好像有许多话在口中，却一时无法说完。后来洛神干脆越过水中的小岛，踩着波浪，穿过草丛，直接来到曹植面前……此时风儿不再喧闹，水儿不再起伏，连空气中也散发着幽幽的兰花香气。

曹植一愣神的时候，忽然发现手里多了一只晶莹的玉镯。洛神贴近他的耳边，轻轻说道："感谢你还记得我。这是我的一只手镯，送给你做个信物吧。"

曹植把这只玉镯小心地收起来，也从自己身上解下一块玉佩，递到洛神的手里作为回赠。

此时雄鸡开始鸣叫，洛神拿着那块玉佩，含着泪回头看了他一眼，就转身重新走进洛水的波涛。曹植赶紧驾起小船，在水波中四处寻找，但是再也找不到洛神的身影。

曹植望着洛水的清波，静静地发着呆，过了半晌才醒悟过来，知道刚才那只是一个美丽的梦。

回到家里，曹植把这次梦中会见洛神的经过写成了一篇赋，这就是有名的《洛神赋》。后世的成语"翩若惊鸿"，就出自曹植的《洛神赋》。

七步成诗 🌊

七步诗

[汉]曹植

煮豆持^①作羹^②，漉^③菽^④以为汁。
萁^⑤在釜^⑥下燃^⑦，豆在釜中泣^⑧。
本^⑨是同根生，相煎^⑩何^⑪太急？

注释

① 持：用来。

② 羹：用肉或菜做成的糊状食物。

③ 漉：过滤。

④ 菽（shū）：豆子。

⑤ 萁（qí）：豆类植物脱粒后剩下的茎，晒干后用作柴火。

⑥ 釜（fǔ）：锅。

⑦ 燃：燃烧。

⑧ 泣：小声哭。

⑨ 本：原本，本来。

⑩ 煎：煎熬，这里指迫害。

⑪ 何：何必。

　　曹植的头脑很机灵，诗词歌赋都写得很好。曹丕虽然也能写诗，但是不及曹植诗词的才气。后来南北朝时期的诗人谢灵运曾说过："天下才有一石，曹植独占八斗，我得一斗，天下共分一斗。"可见曹植的文才极高。成语"才高八斗"就由此而来。

　　曹操特别喜欢曹植，有意让曹植以后成为自己的接班人。他的长子曹丕因此就很嫉恨曹植。有一次，曹操为了给别人留下持家简朴的印象，就给家里人定下规矩：不许穿华丽的绣花绸缎衣服。可是有一天，曹丕却派人暗中怂恿曹植的妻子穿上绣花绸缎衣裳出门，还故意领着曹操登上铜雀台。曹操站在铜雀台上一眼就看到曹植的妻子穿戴华丽，就下令严厉处罚曹植的妻子，连带着曹植也被曹操斥责一番。还有一次，曹操打算让曹植带兵去完成一个任务，曹丕知道后，故意拉着曹植喝得大醉，曹植醉到拉都拉不起来，当然也就无法带兵。曹操就对曹植感到很失望。

曹操外出打仗，曹丕和曹植等人都来送行。曹植文采飞扬地念了一大篇好词好句，曹操听了十分高兴。后来他又慷慨激昂地给全军将士朗诵了一首《白马篇》。这首诗塑造了一位武艺高超、志向高远、渴望报国立功、充满牺牲和奉献精神的少年游侠形象，通过对少年游侠慷慨形象的塑造，淋漓尽致地抒发了诗人自己的报国激情和崇高节操。诗的最后四句是这样写的：

名编壮士籍，不得中顾私。

捐躯赴国难，视死忽如归。

意思是说：名姓既然列入战士名单，自己早已忘掉个人私事。献身奔赴国家危难，把死亡看作回归家乡。"视死忽如归"这句诗后来演化为成语"视死如归"。

将士们听完，齐声喝彩。文武大臣们都夸奖曹植的诗写得好，曹操也很自豪。可是，曹丕在旁边却觉得很尴尬，他知道自己的文采比不上曹植，绞尽脑汁也不知道该上去说些什么。这时，他的心

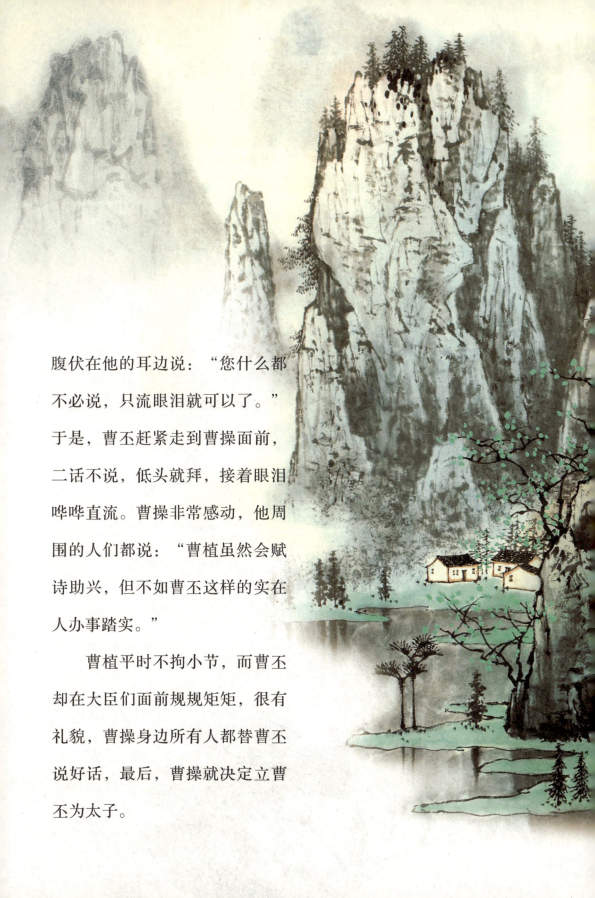

腹伏在他的耳边说："您什么都不必说，只流眼泪就可以了。"于是，曹丕赶紧走到曹操面前，二话不说，低头就拜，接着眼泪哗哗直流。曹操非常感动，他周围的人们都说："曹植虽然会赋诗助兴，但不如曹丕这样的实在人办事踏实。"

曹植平时不拘小节，而曹丕却在大臣们面前规规矩矩，很有礼貌，曹操身边所有人都替曹丕说好话，最后，曹操就决定立曹丕为太子。

公元 220 年初，曹操患病去世，曹丕独掌大权，接任魏王。传说，他想教训曹植，于是，他把曹植找来，说道："你不是经常炫耀自己有才华吗？今天限你七步之内写成一首诗。写不出来，我就治你的罪。"

曹植心里一惊，但是表面上没有显示出来。他微微一笑，慢慢走了七步，就随口吟出一首《七步诗》：

煮豆持作羹，漉菽以为汁。

萁在釜下燃，豆在釜中泣。

本是同根生，相煎何太急？

曹植巧妙地用锅中煮的豆子来比喻自己的境遇，用豆子和豆萁的关系曲折表达兄弟间的自相残杀，只会招致后人耻笑。曹丕听了曹植的诗，也觉得自己做得有点儿过分，就把曹植放了。他说："我对天下人讲宽容，何况对自己兄弟呢？"

七子之冠冕

从军诗五首·其四（节选）

[汉]王 粲

朝发邺都桥，暮济白马津。

逍遥河堤上，左右望我军。

连舫逾万艘，带甲千万人。

率彼东南路，将定一举勋。

筹策运帷幄，一由我圣君。

恨我无时谋，譬诸具官臣。

鞠躬中坚内，微画无所陈。

许历为完士①，一言②犹败秦。

我有素餐③责，诚愧伐檀人。

虽无铅刀④用，庶几⑤奋薄身⑥。

注释

① 完士：凡士，普通人。

② 一言：一席话，此指计策。

③ 素餐：无功而受禄。

④ 铅刀：铅质的刀，言其钝劣，喻才力低下。诗人自谦之词。

⑤ 庶几：表希冀之词。

⑥ 薄身：微小的力量。

东汉时期，有一位诗人名叫王粲（càn），在少年时期，已经取得了不小的成就。他记忆力超群，有一次他和友人同行，见到路边有一块古碑，就一起停下来，朗读了一遍碑上的碑文。等他们离开之后，友人在路上有意考考他，就说："刚才那篇碑文非常精彩，你能背诵吗？"王粲不假思索地背诵起来，友人惊得张大嘴巴，半天合不起来。还有一次，王粲在一户人家的院子里看人下围棋，有个童子来送水，一不小心把棋盘上的棋子给碰乱了。下棋的人很不高兴，抬手就要打童子，王粲拦住说："别打他，我可以按照刚才的样子把棋子重新摆好。"下棋的人不信，结果王粲凭着刚才看棋的印象，三下五除二就给他们重新还原棋局，一点儿差错也没有。童子向王粲连连道谢，下棋的人也对王粲连声称赞。

王粲特别擅长写诗和做文章。他写文章有一个特点，就是从不修改，而且是当众落笔，片刻即成。有的人以为王粲是事先写出来，再现场背诵的。于是，有两个人想好一个题目，提前反复精心构思文章内容，随后邀请王粲，故意说是现场出题的作文。王粲当场按照他们的题目写了一篇文章，结果比他们提前准备好的文章还要精彩，二人这才对王粲的才华心服口服。王粲还精通数学，无论什么样的难题，只要交给王粲，他都能很快做出正确答案。

公元 191 年，年仅十五岁的王粲来到长安，拜见当时的著名学者、左中郎将蔡邕。蔡邕读书很多，他家里的藏书也很多，而且他本人学问精深，受到众人的尊敬。蔡邕家里总是高朋满座，来往的都是当时文坛的顶尖人物。对于别人，蔡邕仅仅是在客厅里坐着，从不会主动迎接。可是这次，蔡邕一听守门人报说是王粲来了，正在门外等着求见，他马上丢下一屋客人，亲自跑出院门迎接王粲。

蔡邕因为兴奋，走得匆忙，连鞋子穿倒了都没有注意。成语"倒履相迎"就出自这则小故事。

当时在蔡家做客的友人，都以为蔡邕一定是去迎接某位大人物，可当他们见到进来的是个年纪小、个子矮的男孩子，都觉得非常惊异。蔡邕看大家一脸的不解，笑着拉起王粲的手，向众人介绍："这是王粲啊，有异才，吾不如也。"意思是说：这个孩子才华卓异，连我自己都觉得不如他。这样一来，王粲的名声就在长安城里传开了。蔡邕见到王粲，听着他的谈吐，看完他带来的文章，心里特别高兴，当场表示："吾家书籍文章，尽当予之。"他的意思是说：以后要把自己的藏书全部赠给王粲。后来蔡邕去世后，他的家人遵

守诺言，把六千余卷的珍贵藏书全部赠送给王粲。

　　王粲十七岁的时候，先是参加刘表的荆州军队，小小年纪就能为刘表撰写征讨敌人的精彩檄文。但是刘表昏庸，并没有重用王粲。王粲很苦闷，写了《登楼赋》《七哀诗》等诗文，经常流露壮志难酬的感慨。其中《登楼赋》感叹自己的坎坷遭遇，抒发怀念故土、忧愍（mǐn）世途的复杂情感，最为读者称道。后世也把"王粲登楼"作为咏叹流落他乡、失意怀旧的典故。

　　王粲后来离开荆州，来到邺城效力曹操，并被任命为丞相掾（yuàn），后来还被封为关内侯。他受到曹操的特别赏识，和曹操的儿子曹丕、曹植也都结下很深的友谊，他们经常一起欣赏诗词歌赋，其乐融融。王粲在此期间，与文人孔融、徐干、陈琳、阮瑀（yǔ）、应玚（yáng）、刘桢交往较多，七人并称为"建安七子"。王粲的作品在这七子中成就最大，所以被后人称为"七子之冠冕"。他描写跟随曹操作战生活的《从军诗》，激昂慷慨，特别鼓舞人心。其

中第四首的结尾有这样的诗句：

> 我有素餐责，诚愧伐檀人。
>
> 虽无铅刀用，庶几奋薄身。

这里引用的是《诗经》中《伐檀》的典故，表示自己不甘心做个白吃饭的看客，不然就会对不起天下苍生。他说自己虽然只是一介文人，手中没有刀剑武器，但也决心奋不顾身地跟随曹操去战场上冲锋陷阵。

公元 217 年正月二十四日，王粲在返回邺城的路上突然发病，不幸逝世，年仅四十一岁。曹丕带领一群著名的文人，隆重地为王粲送葬。等他们一起来到墓地的时候，曹丕忽然想起王粲生前最喜欢听驴子的鸣叫，就提议说："王粲最喜欢的声音是什么？是驴叫啊。大家一起来学驴叫，用驴叫为他送行吧！"

墓地顿时响起一阵阵洪亮高亢的驴叫声。一声高，一声低，一声壮，一声悲，此起彼伏，连绵不绝，最后化为一片哽咽的哭声……

蓼莪寺的来历

蓼 莪① （选自《诗经·小雅》）

[先秦] 佚 名

蓼蓼者莪，匪莪伊蒿。哀哀父母，生我劬劳②。
蓼蓼者莪，匪莪伊蔚③。哀哀父母，生我劳瘁。
瓶之罄④矣，维罍⑤之耻。鲜⑥民⑦之生，不如死之久矣。
无父何怙⑧？无母何恃？出则衔恤⑨，入则靡至。
父兮生我，母兮鞠⑩我。拊⑪我畜⑫我，长我育我，
顾⑬我复⑭我，出入腹⑮我。欲报之德，昊天⑯罔⑰极⑱！
南山烈烈⑲，飘风发发。民莫不穀，我独何害！
南山律律，飘风弗弗。民莫不穀，我独不卒⑳！

注释

① 蓼（lù）莪（é）：又长又大的莪蒿。
② 劬劳：与下章"劳瘁"皆劳累之意。
③ 蔚（wèi）：一种草，即牡蒿。
④ 罄（qìng）：尽。
⑤ 罍（léi）：盛水器具。
⑥ 鲜（xiǎn）：寡、孤。
⑦ 民：人。
⑧ 怙：依靠。
⑨ 衔恤：含忧。
⑩ 鞠：养。
⑪ 拊：通"抚"。
⑫ 畜：通"慉"，喜爱。
⑬ 顾：顾念。
⑭ 复：返回，指不忍离去。

⑮ 腹：指怀抱。
⑯ 昊（hào）天：广大的天。
⑰ 罔：无。
⑱ 极：边际。
⑲ 烈烈：山风大的样子。
⑳ 卒：终，指养老送终。

如果诗词会讲故事·秦汉篇

《诗经》中有一首诗叫《蓼莪》，是悼念逝去父母的诗歌。"蓼"形容高大的样子；"莪"是一种开小黄花的植物，抱根丛生，俗称为"抱娘蒿"。诗的开头是这样写的：

蓼蓼者莪，匪莪伊蒿。哀哀父母，生我劬劳。

蓼蓼者莪，匪莪伊蔚。哀哀父母，生我劳瘁。

作者用高大的莪蒿作比喻，表达对父母养育之恩的感激之情。这几句诗的意思是说：高大的蒿并非莪蒿而是牡蒿，可怜我那父母啊，因为我一生辛劳。因为莪嫩的时候能够食用，长得高大就成为蒿，不能食用。作者痛惜父母辛辛苦苦养育自己，自己却不能回报父母的养育之恩。这首诗经常被人们用来表达对父母的感恩之情，受到后世一代代人的喜爱。

父母爱护孩子，孩子孝敬父母，这是我们中华民族的传统美德，直到今天，这种美德仍然值得提倡和发扬。这首诗是以充沛情感表现这一传统美德的最早的文学作品，后来很多文人在文章中引用过这首诗，蓼莪也成为儿女孝敬父母的象征。三国时期的王裒（póu）就是其中一个感人的例子。

王裒是城阳营陵（今山东省昌乐县）人。他父亲去世得早，他从小与母亲相依为命，所以他和母亲的感情十分深厚。王裒四岁入学，才思敏捷，聪颖过人，学了很多知识。等他长大后，就做了一位老师，史书上说他容貌绝俗，声音清亮，谈吐典雅方正，博学而且多才多艺。他教出来很多优秀的学生，受到大家的尊敬。

　　有一年，北方的匈奴发兵打了过来，人们纷纷往南方逃难。王裒只好带着母亲，跟着人们往江南跑。

　　那时候王裒的母亲年纪已经很大了，身体本来就不好，再加上风餐露宿，担惊受怕，很快身患重病，吃什么药也治不好，不久就去世了。王裒十分哀痛，哭着把母亲埋葬在附近的山林里。他伤心得吃不下饭，睡不着觉，只要一读到《蓼莪》中"哀哀父母，生我劬劳"的句子，就会放声大哭，泪流不止。他的学生们看他那么痛苦，为了不让老师再受刺激，都闭口不提《蓼莪》这一首诗。

　　这时，匈奴兵已经追来。王裒的学生们劝他和大家一起向南方躲避。大家说得正热烈的时候，突然天上打了一声惊雷。

　　王裒母亲生前胆子小，尤其惧怕听到雷声，因而每当打雷，王裒都在母亲身边为其壮胆。此时又听到惊雷，王裒忽然想到：母亲这时是不是害怕呢？他急忙跑到母亲的墓边，反复诵读着《蓼莪》

中的诗句，流着泪跪告母亲说："母亲别害怕，孩儿在这里陪伴着您呢！"

为了不让母亲感觉孤单，他决定不跟大家一起向南逃难，而是在母亲的墓旁盖了一间草屋，早晚到墓前跪拜，扶着柏树悲伤地哭泣，眼泪滴落在树上，树因此更加繁茂。

王裒的亲族和他的学生们一起向江南撤退，后来组织了一支部队与匈奴作战，使得匈奴没能越过长江继续向南进攻。

但是，王裒却在亲族和学生们离开后不到一年，被匈奴的追兵抓获，由于王裒不肯投降，最后被匈奴兵杀害了。

当王裒遇害的消息传到江南，大家非常悲痛，就把王裒生前穿过的衣服等物埋在太湖边上，为他建了一个"衣冠冢"和孝子祠。又因王裒生前经常诵读《蓼莪》，孝子祠后来改名为"蓼莪寺"。

手挥五弦

赠秀才入军（节选）

[魏] 嵇 康

息徒兰圃，秣马^①华山。流磻^②平皋，垂纶^③长川。
目送归鸿，手挥五弦。俯仰自得，游心太玄。
嘉彼钓叟，得鱼忘筌^④。郢人逝矣，谁与尽言。

注释

① 秣马：饲马。
② 磻（bō）：在系箭的丝绳上加系石块。
③ 纶：钓丝。
④ 筌：捕鱼竹器。

　　《赠秀才入军》的作者叫嵇康，字叔夜，因为曾经做过中散大夫，所以也被称为"嵇中散"。这首诗是为哥哥嵇喜从军而写的。诗人回忆了自己和哥哥一起游览山水、钓鱼弹琴时共度的快乐时光，表达了对嵇喜离开的思念之情。其中"目送归鸿，手挥五弦"二句历来为人称道。

　　"手挥五弦"也就是演奏五弦琴的意思。五弦是一种五根弦的乐器，弹奏起来很好听。嵇康的音乐造诣很高，相传他手挥五弦时能够招来鬼神。

　　据古书记载，有一天他在灯下弹琴时，因为琴声太优美了，忽然来了一个脸很小的家伙，接着这家伙的身体慢慢变大，最后竟然有一丈多高。他穿着黑衣，扎着皮带，直勾勾地盯着嵇康看。嵇康

如果诗词会讲故事·秦汉篇

知道他是一个鬼魂，心里却一点儿也不害怕。他和这个鬼魂对视了好一会儿，一口气把灯火吹灭，说："吾耻与魑（chī）魅争光。"意思是：我耻于和魔鬼争抢灯烛的光亮。那个鬼魂在黑影里又听了一会儿琴声，满足地飞走了。还有一回，嵇康夜里弹琴，忽然又有一个鬼戴着镣铐走来，夸赞嵇康演奏手法的灵巧之后，提意见说："你有一根弦音不准。"嵇康把琴交给他调音，果然声音更加清婉动听。

　　嵇康外出游览，投宿在离洛阳几十里远的月华亭。他晚上睡不着，又取出五弦琴弹奏，空中忽然传来一阵赞誉之声："琴声清逸，令人陶醉！"嵇康一边抚琴，一边问道："您是谁？"空中的声音回答说："我是个鬼魂。听到您的琴声清畅和美，忍不住赞叹。昔日我也爱好琴乐，只是因为怕吓到您，不适宜出来相见。您弹得太好了，请不要厌恶我，请再多演奏几曲。"嵇康于是手挥五弦，又演奏了几首新的乐曲。那个鬼魂越听越入迷，忍不住敲着节拍，跟

着哼唱起来。

　　嵇康说："现在夜已深了，也不会遇到别人，为何还不来相见？我并不怕鬼，您还有什么好顾虑的？"于是那个鬼魂怯生生地现出身形，说道："听您手挥五弦，我不知不觉间心开神悟，恍若暂时得到复生。"于是，他们就一起切磋琴艺，共享音乐的乐趣。他们谈得手舞足蹈，非常热烈。后来，鬼魂对嵇康说："请把您的琴借我试一试。"拿到琴后，他就弹奏了一曲《广陵散》。

　　嵇康从来没有听过这么美妙的曲子，于是就向这个鬼魂认真学习《广陵散》的演奏方法，最后全部掌握。他发现自己先前所学的琴艺，远不及这个鬼魂。鬼魂教会他《广陵散》之后，让他发誓，不能把这曲子教给别人，嵇康答应了。天亮时，鬼魂对嵇康说："虽然只是一夜相聚，却可以说结下了千年的缘分。"说完，就流着泪飞走了。嵇康的琴艺得到这个鬼魂的指点，从此更加精深了。

　　嵇康除了手挥五弦，还有另外一个爱好，就是打铁。他的铁匠炉子就砌在一棵大柳树下。柳树旁边，他还引来山泉，围成一个小池塘。打铁累了时，他就到池塘里游泳放松。有一回，钟会慕名求见，嵇康不愿意理睬他，就装作没看见，继续在大树下忙着打铁。钟会等啊等啊，后来实在等不下去了，就灰溜溜地起身准备离开。这时，嵇康问了他一句话："何所闻而来，何所见而去？"钟会说："闻所闻而来，见所见而去。"没想到，从此，钟会记恨上了嵇康。

　　后来，嵇康因为不愿意为朝廷做事，得罪了司马昭，再加上钟

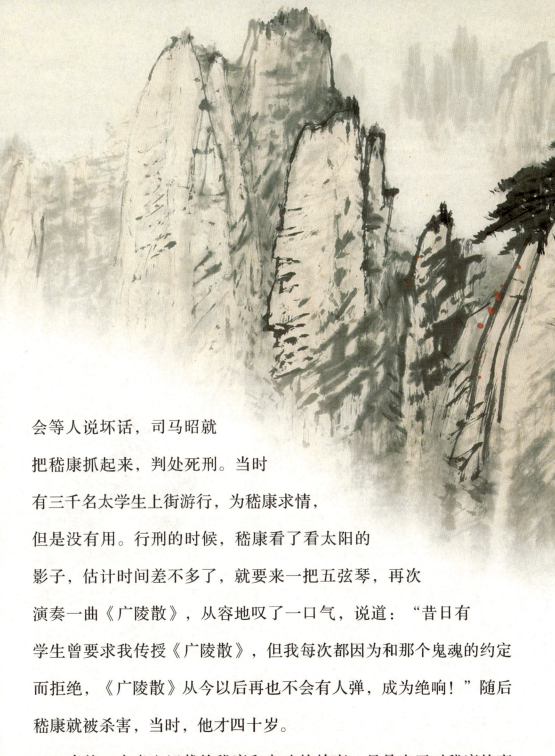

会等人说坏话，司马昭就

把嵇康抓起来，判处死刑。当时

有三千名太学生上街游行，为嵇康求情，

但是没有用。行刑的时候，嵇康看了看太阳的

影子，估计时间差不多了，就要来一把五弦琴，再次

演奏一曲《广陵散》，从容地叹了一口气，说道："昔日有

学生曾要求我传授《广陵散》，但我每次都因为和那个鬼魂的约定

而拒绝，《广陵散》从今以后再也不会有人弹，成为绝响！"随后

嵇康就被杀害，当时，他才四十岁。

　　当然，古书上记载的嵇康和鬼魂的故事，只是出于对嵇康的喜

爱而想象编写出来的浪漫的传说，世界上是没有鬼魂的。

咏史八首·其二

[西晋] 左 思

郁郁①涧底松②，离离③山上苗④。

以彼径寸茎⑤，荫此⑥百尺条。

世胄⑦蹑⑧高位，英俊沉下僚⑨。

地势使之然，由来非一朝。

金张藉旧业，七叶珥⑩汉貂。

冯公岂不伟，白首不见招。

注释

① 郁郁：严密浓绿的样子。

② 涧底松：比喻才高位卑的寒士。

③ 离离：下垂的样子。

④ 山上苗：山上小树。

⑤ 径寸茎：即一寸粗的茎。

⑥ 此：指涧底松。

⑦ 世胄：世家子弟。

⑧ 蹑：履，登。

⑨ 沉下僚：沉没于下级的官职。

⑩ 珥：插。

左思，字泰冲，西晋时期临淄（今山东省淄博市）人。传说他长得很丑，而且还有口吃的毛病。有一回，当时的一位大帅哥潘安坐车出行，招来很多女"粉丝"给他献鲜花和水果，这些鲜花和水果把潘安的车上塞得满满的。左思见了十分羡慕，于是也坐着车到街上去转，还专门效仿着潘安坐车的样子，摆出一副玉树临风的模样，结果惹恼了潘安的"粉丝"，招来一堆砖头瓦块。

左思不太善于和人沟通，他练琴和书法也都没有什么成绩。但是他一点儿也不灰心，而是埋头学习文史典籍，决心在诗赋方面做出一些成绩。

左思的时代，班固的《两都赋》和张衡的《二京赋》都很有名，于是，他决定写篇《三都赋》记载三都之事。"三都"指的是三国时期的蜀国都城成都、魏国都城邺城和吴国都城建业。要把这三座城市的不同地理特色和文化底蕴集中到一篇赋里，其实是一项很难的工作。当时的大文人陆机听说左思在写《三都赋》，撇着嘴说："这小子太不自量力了。等他写出来，我就把他的文稿当废纸来盖酒缸。"

左思是个很有主意的人，不管外界怎样议论自己，他都不当成一回事儿，而是埋下头来认真地收集资料，考订史实，苦苦构思，推敲文字。他用了整整十年的时间，最后完成包含《吴都赋》《魏都赋》和《蜀都赋》在内的《三都赋》，全文长达一万二千余字。

这篇《三都赋》写得华丽优美，格局宏阔，大气磅礴。陆机读了左思的《三都赋》后非常钦佩，再也不提盖酒缸的事情了。他原本也准备写一篇《三都赋》，等左思的《三都赋》写完后，陆机称赞他："绝叹伏，以为不能加也，遂辍笔焉。"意思是说：自己比不上左思的水平，就不敢再动笔了。这就是典故"陆机辍笔"的来历。

当时的印刷技术还不发达，人们争相买纸手抄《三都赋》，历史书上说"洛阳为之纸贵"，意思是说：洛阳的纸店里纸几乎都断货了，所以纷纷涨价销售。这就是成语"洛阳纸贵"的来历。

左思一赋成名，也进入朝廷为官，但是在特别重视出身门第的晋朝，他虽然声望很高，可是因为没有什么背景，还是经常遭受不公正的待遇。于是，他写下一首沉痛的诗《咏史》：

郁郁涧底松，离离山上苗。以彼径寸茎，荫此百尺条。

世胄蹑高位，英俊沉下僚。地势使之然，由来非一朝。

金张藉旧业，七叶珥汉貂。冯公岂不伟，白首不见招。

这首诗运用比喻和对比的手法，抒发自己怀才不遇的内心郁闷，同时对晋朝的门阀制度进行了辛辣讽刺。他巧妙地用"松"和"苗"来喻人，强烈抨击有才能而出身卑微的人受到压抑，没有才能而出身世家大族的高干子弟却占据要位的社会现象。表面上写的是自然景象，实际上揭露的是社会的不公平。

笑酌贪泉

酌贪泉

[东晋] 吴隐之

古人云此水，一歃①怀②千金③。

试使夷齐④饮，终当不易心。

注释

① 歃（shà）：用嘴吸取。

② 怀：思，想念。

③ 千金：钱财多，形容人的贪婪。

④ 夷齐：指伯夷、叔齐。他们是商代末年孤竹国国君的两个儿子，为避让君位，两人逃往周国。周武王出兵东征讨伐商纣王，伯夷、叔齐谏阻未成。周取代商统治天下后，伯夷、叔齐"义不食周粟，隐于首阳山"，被公认为道德高尚的典范。

晋朝吴隐之任广州刺史。当时在广州城外有一眼泉水名叫"贪泉"。当地传说，谁饮了贪泉里的水，谁就会变得贪婪成性。但是吴隐之不相信这些，说道："不见可欲，使心不乱。越岭丧清，吾知之矣！"意思是说：不见可贪的东西，使寸心不乱。有的人越过五岭就会丧失廉洁，我知道其中的原因了。说完，大笑着拿来水瓢，照喝不误，同时吟诵了一首《酌贪泉》：

古人云此水，一歃怀千金。

试使夷齐饮，终当不易心。

"贪泉"是泉名，在离广州三十里地的石门（今广东省佛山市南海区西北），传说即使清廉之士一饮此水，也会变成贪得无厌之人。这首诗的意思是说：古人传说这泉水，舀来喝了贪千金，试让伯夷、叔齐饮，始终不变廉洁心。吴隐之用这首诗来明志，表达自己清廉为官的决心。

吴隐之是濮阳郡鄄（juàn）城（今山东省荷泽鄄城县）人，史书称其"美姿容，有清操"。他的家庭很不幸，但他志存高远，饱览诗书，即使贫寒度日，也不接受嗟来之财。他十多岁时，父亲就不幸去世了，只好和母亲相依为命。他非常孝顺母亲，可不幸的是母亲不久也去世了，他悲痛万分，每天早晨都以泪洗面，看到的人都陪着他掉眼泪。当时吴家的邻居韩康伯是一名官员，韩康伯的母亲贤良明理，每次听到吴隐之的哭声，都会放下碗筷，陪着他伤心，甚至吃不下东西。她非常了解吴隐之的操守和学问，所以就对韩康伯说："将来你若是有了选拔官吏的机会，就应当推荐像吴隐之这样的人。"后来韩康伯做了吏部尚书，拥有选人用人的权力，于是他就推荐吴隐之担任辅国功曹，后来又推荐吴隐之担任征虏将军参军。这就是有名的"韩母荐邻"的故事。

吴隐之做官之后，依然廉洁守贫，本色不改。他的妻子虽然是刺史夫人，每天依然亲自担柴草做饭。冬天家里穷得没有被子，身上没有可以换洗的衣裳，一家人只能披着棉絮保暖。吴隐之任职的广州其实并不是一个穷地方，这里山海环围，出产象牙、珍珠、海味和名贵药材等物产，随便弄上一匣当地的宝物特产，就足够一家

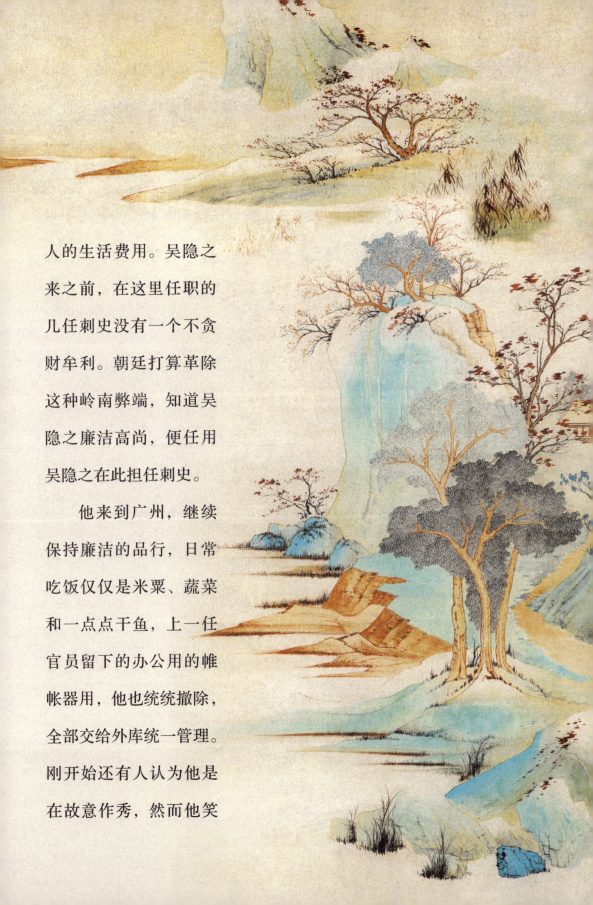

人的生活费用。吴隐之来之前，在这里任职的几任刺史没有一个不贪财牟利。朝廷打算革除这种岭南弊端，知道吴隐之廉洁高尚，便任用吴隐之在此担任刺史。

他来到广州，继续保持廉洁的品行，日常吃饭仅仅是米粟、蔬菜和一点点干鱼，上一任官员留下的办公用的帷帐器用，他也统统撤除，全部交给外库统一管理。刚开始还有人认为他是在故意作秀，然而他笑而不语，始终不改变自己的做法，大家才慢慢知道他的真心。他的部下给他送鱼，有时候会事先帮他剔去鱼骨，吴隐之不喜欢这种献殷勤的做派，总是把部下呵斥一番后轰走。经过惩贪官、肃官风、倡廉洁，广州官场焕然一新。

他离任的时候，也没有带走什么资财。他发现船上的行李中多了一斤沉香，其实是他的妻子买的，但他误认为此物来历不明，担心是哪个下属偷偷送的礼物，就从妻子手中夺过来丢进水里，以此来表示自己不收取别人礼物的决心。

他们回到老家之后，发现原来的篱笆墙垣已经倾斜败坏，仅有数亩小宅地、六间茅草屋，勉强容纳妻室和子女。朝廷知道他家生活困难，准备赏赐他一些车和牛，还准备帮他建造住宅，但他都坚决地拒绝了。每月初领取的俸禄，除了取部分留作自身口粮外，其余的全部用来救济亲族。有时日子苦到极点，全家就两天合吃一天的粮，他穿的布衣经常打着补丁，妻子纺线织麻度日，更是沾不上他的一点儿光。吴隐之的儿子吴延之后来也做了官员，同样孝敬父母，敬爱兄长，廉洁奉公，继承了良好的家风。

唐代王勃在《滕王阁序》中说"酌贪泉而觉爽"，赞颂的就是吴隐之笑酌贪泉的故事。

咏絮才

拟嵇中散①咏松诗

[东晋] 谢道韫

遥望山上松，隆冬不能凋。

愿想游下憩②，瞻彼万仞条。

腾跃未能升，顿足俟王乔③。

时哉不我与，大运所飘飖④。

注释

①嵇中散：嵇康。

②憩：休息。

③王乔：仙人王子乔。

④飖：随风飘动的摇摆。

称赞女孩有文才，人们常用"咏絮之才"这个词，最初夸赞的是东晋时期的才女谢道韫（yùn）。她被称为"咏絮之才"，出自一个雪天吟诗的故事。

谢安"常以仪范训子弟"，也就是说他很重视对谢家子弟的教育。他对谢家男孩的学习抓得很紧，教育出了"封胡羯（jié）末"四个栋梁之材，对女孩也悉心培养，教育出有"咏絮之才"的谢道韫。"封胡羯末"也是一个成语，本意是指谢安四个子侄的小名，"封"指谢韶，"胡"指谢朗，"羯"指谢玄，"末"指谢川，都是当时很有成就的人物，比如，谢玄就是打赢淝水之战的统帅，被称为"谢家之宝树"。现在人们常用"封胡羯末"这个成语称赞别人的兄弟子侄。

　　有一天，谢安正在给子侄们上课，天上忽然下起大雪。谢安吟了一句"白雪纷纷何所似"，然后作为引题让孩子们来联句。别人还没有开口，谢朗已经想出了一句诗，抢着说道："撒盐空中差可拟。"谢道韫听了，觉得把漫天大雪比喻成盐不太准确，于是接着又吟了一句："未若柳絮因风起。"众人对谢道韫的诗句赞不绝口。谢安也赞许地点点头，评论说："谢朗把雪比喻成盐，不如谢道韫比喻成柳絮随风飞舞更贴切。"从此，谢道韫就被人称作"咏絮之才"。

　　《世说新语》记载了这段联诗趣事，有"白雪纷纷何所似""撒盐空中差可拟""未若柳絮因风起"这三句诗，但并没有记载谢家人是否把这首咏雪诗全部完成。为了证明谢道韫的才华，我们可以另外品鉴她的一首《拟嵇中散咏松诗》：

　　　　遥望山上松，隆冬不能凋。

　　　　愿想游下憩，瞻彼万仞条。

　　　　腾跃未能升，顿足俟王乔。

　　　　时哉不我与，大运所飘摇。

　　在这首诗中，她借松树抒发自己傲岸不屈的志向和远大抱负。可惜的是，她的后半生却不是太幸福。谢道韫长大后，嫁给了大书法家王羲之的儿子王凝之。没想到，王凝之是个只会混日子的糊涂蛋。有一回谢道韫回娘家时，就曾跟谢安抱怨说："一门叔父，有阿大、中郎，群从兄弟复有封胡羯末，不意天壤之中乃有王郎。"

意思是说：咱们谢家，无论是叔父还是子侄都个个优秀，我就没见过像王凝之这么糊涂的人。谢安也只好安慰她，王凝之没有恶习，不是坏人，还是凑合过日子吧。

后来，农民起义爆发了。王凝之当时担任会稽太守，他不积极备战加强防守，反而迷信邪教，忙着闭门祈祷，还自称请来大仙、借来鬼兵帮助防守城池。守兵果然无力抵抗，农民军头领孙恩带队很顺利地攻占会稽，把王凝之杀死了。谢道韫因为有一身武艺，带领身边的丫鬟上街作战，终因寡不敌众，也被俘虏。她斥责孙恩，并以出众的口才说服他把自己和外孙释放了。

谢道韫离开会稽，与家人过上隐居生活，她后半生创作了很多诗词，并流传后世。

囊萤夜读

囊萤诗

[东晋] 车 胤

宵烛出腐草，微质含晶荧。

收拾练囊中，资我照遗经。

熠耀既不灭，吾咿宁暂停？

毕竟齐显地，声名炳丹青。

这首《囊萤诗》的作者是东晋的文学家车胤（yìn）。他小时候聪颖好学，特别喜欢读书。南平太守王胡之以知人闻名。一个偶然的机会，他见到小车胤这么喜欢读书，就对他的父亲车育说："这个小孩以后肯定有出息，你要好好培养啊。"从此，父亲非常支持车胤学习。

可是，他们家里当时特别穷，父亲的支持也就是让车胤少做一点儿农活，这样白天能够抽空读书。等到农活忙的时候，他还是得去帮助父亲劳动。

白天的时间非常有限，晚上虽然时间充裕，可是，家里却没有钱买油点灯。这可怎么办呢？在一个夏天的晚上，小车胤忽然见到院子里有一群萤火虫飞来飞去，他眼前一亮，忽然想到一个好主意。于是，他赶紧回到房间，很快就制作成一个简陋的捕萤小网，捉来一些萤火虫放在白色熟绢制成的袋子里，这样萤光就能够照射出来，成为一盏小小的萤火灯。车胤借着萤火的光亮照明，继续刻苦攻读。这首《囊萤诗》描写的就是他囊萤夜读的感受和体会。

"宵烛出腐草"的意思是传说腐败的草可以化为萤火虫。"宵烛"是萤火虫的别名。"练囊"就是白色熟绢制成的袋子。"资"就是帮助。"遗经"就是古代流传下来的知识。"炳"就是照耀。"丹青"代指史册。他自信地认为点点萤火聚集起来便能照亮整个草屋，点点书本的知识积累起来便成就一位学者。他以自己学习的过程入笔，告诉我们伟大往往成就于点滴和平凡之中的道理。后来，人们就把"车胤囊萤"作为一个勤学苦读的典故来颂扬。

为了学到更多的知识，他还到处去请教有学问的人。有一次，当时的名家学者谢安、谢石兄弟俩在家里召集一些人共同讨论学习《孝经》。车胤也专程赶来旁听。他自己在听课中有了疑难，却又不敢直接去请教谢家兄弟，于是，就对身旁另一位共同来学习的袁羊说："我不问问题吧，怕把精彩的讲解遗漏了；多问吧，又怕劳烦人家谢家兄弟。"袁羊说："我看他们绝不会因为你多问问题就

嫌弃你的。"车胤问他："你怎么知道呢？"袁羊说："哪里见过明亮的镜子厌倦人们常来照影，清澈的流水害怕和风过来吹拂？"听罢，车胤大胆地在课堂上提出自己的问题，每一个问题都得到了谢安、谢石的耐心解答。

车胤长大以后，成为了一个很有学问的人。他风姿美妙，机灵敏捷，声望很高。后来，当时的荆州刺史召车胤做了一位从事官，车胤处理事情很出色，受到刺史的特别赏识，将他推荐给朝廷，他很快得到重用。因为他知识丰富，口才又好，人们有聚会都喜欢叫上他。大家说："没有车公不快乐。"后来，他做过吴兴太守、丹阳尹、吏部尚书等官职，取得了很大成就。

山中宰相

诏①问山中何所有赋诗以答

[南北朝] 陶弘景

山中何所有，岭上多白云。
只可自怡悦②，不堪持赠君。

注释

① 诏：帝王所发的文书命令。
② 怡悦：取悦，喜悦。

　　南北朝的齐、梁时期，出了一位长期在茅山隐居的奇人，名叫陶弘景。梁武帝萧衍派使者到访，请他入朝为官，陶弘景都是百般推辞，执意不肯出山。

　　后来萧衍实在忍不住，就直接写信问他："穷山沟里能有什么，你那么不愿意离开？"陶弘景于是很有分寸地给皇帝写了一首诗作为回复，就是这首《诏问山中何所有赋诗以答》：

　　山中何所有，岭上多白云。

　　只可自怡悦，不堪持赠君。

　　"诏问"的主要内容在诗的第一句进行复述，即"山中何所有"。这句话是问句的形式，但其实表达的是否定语气，以此委婉地告知萧衍自己不会离开深山去入仕。意思是说：山中什么也没有，哪有山外荣华富贵的热闹非凡啊。陶弘景想拒绝皇帝的召见，又不能直

133

接反抗皇帝的命令，只好借着皇帝的提问巧妙地回答："岭上多白云。""白云"是这首诗的一个中心意象，有着自由轻松、闲逸散淡、超尘脱俗等多种象征意义。接着诗人又很自然地说出"只可自怡悦，不堪持赠君"，意思是：我这种超尘出世的情趣只能自我体味，可惜无法赠予您，让您一起领略个中妙趣。诗人在这里得体地抒发自己的高洁志向，也含蓄地拒绝了皇帝的邀请。

他在另一封回答友人谢元度的书信中，具体描绘过山中的美景：

> 山川之美，古来共谈。高峰入云，清流见底。两岸石壁，五色交辉。青林翠竹，四时俱备。晓雾将歇，猿鸟乱鸣；夕日欲颓，沉鳞竞跃。实是欲界之仙都。自康乐以来，未复有能与其奇者。

这封信短短六十八个字，把山川之美描写得生动鲜明，清丽迷人，被历代传诵，还被选入了今天的中学语文课本，继续传承它迷人的魅力。

萧衍看陶弘景如此热爱山中的生活，也不好再勉强他。只是国家每逢有什么大事，他还是喜欢到山里去咨询陶弘景的意见。陶弘景很乐意谈谈自己的意见和建议，这些意见和建议让萧衍很满意。由于他所起的作用仿佛在任的宰相一般，所以后世称陶弘景为"山中宰相"。

陶弘景虽然习惯山居，但其实结交了很多山外的朋友，因此他也能了解很多山外的事情，萧衍来咨询时他也能根据了解的情况提出自己的观点。如果他对外面的世界一无所知，又怎能发挥出"山中宰相"的作用呢？他和这些山外的好朋友保持着密切的联系。其中一位好友沈约去世后，他非常悲痛，还写了一首感人的悼亡诗：

我有数行泪，不落十余年。

今日为君尽，并洒秋风前。

不为五斗米折腰

归园田居·其三

[东晋] 陶渊明

种豆南山①下，草盛豆苗稀②。

晨兴③理荒④秽⑤，带月荷锄⑥归。

道狭⑦草木长⑧，夕露⑨沾⑩我衣。

衣沾不足⑪惜，但使愿无违⑫。

注释

① 南山：指庐山。

② 稀：稀少。

③ 兴：起床。

④ 荒：荒芜，指豆苗里的杂草。

⑤ 秽：肮脏，这里指田中杂草。

⑥ 荷（hè）锄：扛着锄头。

⑦ 狭：狭窄。

⑧ 草木长：草木生长得茂盛。

⑨ 夕露：傍晚的露水。

⑩ 沾：打湿。

⑪ 足：值得。

⑫ 但使愿无违：只要不违背自己的意愿就行了。

"不为五斗米折腰"这句话来自东晋时期的诗人陶渊明。

陶渊明，名潜，字元亮，浔阳柴桑（今江西省九江市）人。他出生在一个风雨飘摇的年代，经历坎坷。他耿直的性格和清廉的品德，与东晋官场上看重门第、热衷清谈、讲究形式、习惯逢迎拍马的环境格格不入。为了勉强维持生活，他也陆续做过一些很小的官，但都没能长久。

公元405年，四十一岁的陶渊明在朋友的帮助下，担任了彭泽县令，那时候的月薪大概是五斗米。陶渊明认认真真、辛辛苦苦做了八十天县令之后，忽然听说上面派来一位督邮，要来彭泽检查工作。陶渊明对此不以为然，仍然按部就班地工作。可是手下告诉陶渊明："这个督邮来头可不小，大人，您招待不好怎么能行啊！"接着，手下还劝告陶渊明，要提前做各种准备："一定要穿戴整齐，满脸堆笑，弯着腰恭恭敬敬地去迎接督邮大人。"

陶渊明耐心听他唠叨完，悠悠地吐出一口长气，朗声说道："不为五斗米折腰。"意思是：我可不为这五斗米的工资，就嬉皮笑脸地弯腰讨好大官。说完，他把县令的官印挂在公堂上，大摇大摆地

辞官回家。接着，他还专门写了一篇《归去来兮辞》，其中一句是这样写的："归去来兮，田园将芜胡不归？"意思是说：快回来吧，家里的田地都荒芜了，你怎么还不回来？

陶渊明在自己家门前种了五棵柳树，自称"五柳先生"，过起隐居生活。他一边读书作诗，一边饮酒采菊，一边耕地劳动，日子过得艰苦而又闲适。虽然有时候田野里会发生各种灾害，他住的房屋还被烧毁过，但他依然不改初心，不愿意再和官场来往。江州刺史檀道济给他送礼物，也被他婉言拒绝。他很喜欢这种"采菊东篱下，悠然见南山"的生活状态，写了好多首表现田园生活的诗句，最著名的是组诗《归园田居》，其中的第三首是这样写的：

种豆南山下，草盛豆苗稀。

晨兴理荒秽，带月荷锄归。

道狭草木长，夕露沾我衣。

衣沾不足惜，但使愿无违。

这首诗是诗人田园生活的生动写照。诗人全心投入种植作物的工作中，从一大早便开始劳作，直到晚上披星戴月回家。这种生活和诗人之前做官的生活差距很大，那么他会不会后悔呢？诗的最后一句"但使愿无违"给了我们答案。诗人的"愿"其实就是遵循自己的意愿，在喧嚣的世路上保持清醒的自我，永远"不为五斗米折腰"。这里的一个"但使"，道尽诗人的义无反顾和对归隐之后质朴、自然生活的满足。整首诗质朴却不粗俗，让人读完有种对田园生活淡淡的向往。或许，这就是自然诗风的魅力吧。

陶渊明大约六十三岁时，在乡居的家中安然去世，后世称其为"古今隐逸诗人之宗"。他那"不为五斗米折腰"的精神，在后世影响很大。

闻鸡起舞

重赠卢谌（节选）

[西晋] 刘 琨

功业未及建，夕阳忽西流。

时哉不我与，去乎若云浮①。

朱实陨劲风，繁英落素秋。

狭路倾华盖，骇驷摧双辀②。

何意百炼刚，化为绕指柔。

注释

① 若云浮：言疾速。
② 辀（zhōu）：车辕。

西晋时候有一位名将叫刘琨。他是中山魏昌（今河北省无极县）人，懂音乐，擅长诗文。青少年时期，他与范阳人祖逖（tì）同怀拳拳报国之心，一起读书习武，留下了"闻鸡起舞""枕戈待旦""先吾著鞭""击楫中流"等诸多成语典故。

刘琨和祖逖曾约定一起练剑。有一天半夜，窗外忽然传来一声鸡叫。祖逖一激灵，就醒来了。他叫醒刘琨，说道："你听，什么在叫？"刘琨侧耳一听："是雄鸡在叫。"祖逖说："别人说半夜听见鸡叫不吉利，我偏不相信。既然鸡已经叫了，咱们就一起练剑吧。"刘琨说："好的。"于是一个鱼跃，从床上跳了下来。祖逖也赶紧披衣起床，大笑着追上刘琨，二人就抽出宝剑对舞起来。

　　从此，他们就约定，每天鸡一叫就起床舞剑，无论寒暑，一天也没有间断过。他们也因此武艺超群，都有一身了不起的真本事，这就是"闻鸡起舞"的故事。

　　当时，北方匈奴经常前来侵扰，祖逖带领几百名部下，乘船北上和匈奴作战。战船来到江心，他凝望着奔流的波涛，用船桨敲击着船舷，大声发出誓言："祖逖不能清中原而复济者，有如大江！"意思是说：如果我不能扫平敌寇绝不再渡江回家，就像这滔滔江水向东流，一去永不再复返！他的部下受到他的鼓舞，一起高呼："扫平敌寇，勇往直前，誓与将军共进退！"祖逖率军渡江后，驻扎江阴，成为抗击匈奴的重要军事力量，这就是"击楫中流"的故事。

　　刘琨和祖逖意气相投，报国建功也是争先恐后。当刘琨听到祖逖的英勇事迹之后，心里为好友高兴之余，还有些不太服气，就写信给亲友说："吾枕戈待旦，

志枭（xiāo）逆虏，常恐祖生先吾著鞭。"意思是说：我每天晚上枕着刀剑等到天亮，志在剿灭叛逆的贼虏，常常害怕祖逖比我先用了他的鞭子，这就是成语"枕戈待旦""先吾著鞭"的来历。

刘琨带兵把守晋阳，被匈奴兵包围，他乘着月色登到高楼上发出长啸，匈奴兵听了很害怕，神色凄然地纷纷发出长叹。到了半夜，刘琨又开始演奏胡笳，匈奴兵听了开始流泪唏嘘，深切地想念起家乡。到了快天亮的时候，刘琨又开始吹奏，匈奴兵就放弃围城逃走了。

刘琨和祖逖一个做了都督，一个做了镇西将军。他们忠心为国，却受到权臣陷害。祖逖忧愤而死，刘琨则被鲜卑人段匹磾（dī）杀害。刘琨临终时给自己的好友卢谌（chén）写了一首诗，其中的最后几句是这样写的：

> 功业未及建，夕阳忽西流。
>
> 时哉不我与，去乎若云浮。
>
> 朱实陨劲风，繁英落素秋。
>
> 狭路倾华盖，骇驷摧双辀。
>
> 何意百炼刚，化为绕指柔。

刘琨这首诗的前半部分回忆了自己的战斗经历和悲凉心情，最后一部分则抒发自己一生的忧愤和无奈。诗的意思是说：功业还没有建成，人生却如夕阳西下。时光不等人，像浮云一样飘走。红色的果实坠落在凛冽的风中，繁花的花瓣在霜秋凋谢。险恶的世道就像狭窄的路，翻了我的车，惊了我的马，折断我的车辕。谁能想到我这铁打的硬汉，如今变成人家指间玩弄的柔丝。

斛律金

敕勒歌

[南北朝] 佚 名

敕勒川，阴山①下。

天似穹庐②，笼盖四野。

天苍苍③，野茫茫④，风吹草低见⑤牛羊。

注释

① 阴山：在今内蒙古自治区中部。

② 穹庐（qiónglú）：用毡子搭成的帐篷，即蒙古包。

③ 苍苍：青色。

④ 茫茫：辽阔无边的样子。

⑤ 见（xiàn）：通"现"，显露。

斛（hú）律金是南北朝时期北魏、东魏、北齐三朝的一位名将，擅长骑射，善于用兵。古书上说他"望尘识马步多少，嗅地知军度远近"。也就是说：他具有丰富的军事经验，只要看一看风尘，就能知道敌军骑兵、步兵有多少，嗅一嗅泥土，就能判断敌军的距离远近。他原名敦，成为将军后经常需要用汉字签署文件，他嫌敦字难写，就改名为金。可是金字也写不好，有人教他说："金字像个房子，照房子那样画就行了。"这样，他才学会写自己的名字。

斛律金有两个儿子，大儿子叫斛律光，小儿子叫斛律羡，都是当时的名将。两人从小跟随父亲学骑射，每次出去打猎，回来后斛律金都要检查他们猎得的鸟兽数量。斛律羡猎得多，却总是挨打，斛律光猎得虽少，却被夸奖。斛律羡不服气，就问父亲为什么这样不公平。斛律金说："你哥哥猎得虽少，但他射的鸟总是背上中箭，说明他射得准。你射箭的位置杂乱无章，猎得虽多，箭法却比哥哥差远了。"后来，斛律光成长为一个名射手。有一次他见天上有一只大鸟，就射了一箭，落地后才发现是一只像车轮那么大的大雕，他因此被人们称为"落雕都督"。斛律羡勤奋练习，后来也有了很大的本领。斛律金带领自己的两个儿子，为国家建立很多功劳。

公元535年，北魏分为东魏和西魏，两国之间经常打仗。斛律金成为东魏的战将。东魏武定四年（546年）九月，东魏的军事首领、神武将军高欢率领斛律金等人攻打西魏的重镇玉壁（今山西稷山县西南），西魏名将韦孝宽带兵坚守。高欢用尽一切攻城之术：切断水源、开凿地道、用火攻……但韦孝宽都能一一化解。高欢的军队苦攻了五十天，死伤七万人，还是没有攻进去。高欢急火攻心，生

了重病。这时西魏又故意放出谣言，说高欢被西魏的定功弩射中，马上就要死了，东魏兵马上就会败退。西魏人还到处传唱四句歌谣："高欢鼠子，亲犯玉壁。剑弩一发，元凶自毙。"一时间，东魏军心动摇，人心惶惶。高欢为提振士气，勉强支撑着从病床上起来，在露天大营摆了一场宴席，公开在将士们面前亮相，用以反击自己中箭的谣言。宴席中，他请老将斛律金给大家唱一首歌助兴。于是，白发苍苍的斛律金用苍凉的嗓音唱了一首家乡的民歌《敕勒歌》：

敕勒川，阴山下。

天似穹庐，笼盖四野。

天苍苍，野茫茫，风吹草低见牛羊。

诗的意思是说：敕勒川在阴山脚下，天空就像巨大的帐篷，笼盖着四方原野。苍苍的天空啊，茫茫的大地啊，那大风吹得青草低伏，露出一群群健壮肥美的牛羊。

斛律金老将军的歌声苍凉悲壮，动人心弦。高欢"哀感流涕"，

也激动地跟着唱了起来，全营将士群情激奋，饱含热泪，跟着老将军的节拍唱了起来。将士们的心又拧成一股绳，随后就一起呐喊着，向着玉壁城奋勇冲过去……

阴山是内蒙古自治区中部山脉，东西走向，南坡起于河套平原西北端，北端与内蒙古高原相连。阴山抵御了北方的寒流，再加上黄河的浇灌，使敕勒川成为一方美丽富饶的宝地。这首《敕勒歌》豪迈壮美，元气淋漓，质朴深情，静中有动，动中有静，既有全景速写，又有工细特写，生动勾勒出草原上风吹草动、牛羊肥壮的壮丽风光，受到历代读者的喜爱。《敕勒歌》被选入语文课本，今天的小读者也都很熟悉这首豪迈的歌谣。

按照古书的记载，这首歌谣是斛律金首唱的，所以人们有时也把斛律金看作这首歌谣的作者。斛律金和《敕勒歌》的故事，代代流传。

入若耶溪

[南北朝] 王 籍

舻舳①何泛泛②，空③水共悠悠。

阴霞④生远岫⑤，阳景⑥逐回流⑦。

蝉噪⑧林逾⑨静，鸟鸣山更幽。

此地动归念⑩，长年悲倦游⑪。

注释

① 舻舳（yúhuáng）：舟名，大船。

② 泛泛：船行无阻。

③ 空：指天空。

④ 阴霞：山北面的云霞。若耶溪流向自南而北，诗人溯流而上，故曰"阴霞"。

⑤ 远岫（xiù）：远处的峰峦。

⑥ 阳景：指太阳在水中的影子。景通"影"。

⑦ 回流：船向上游行进时岸边倒流的水。

⑧ 噪：许多鸟或虫子乱叫。

⑨ 逾：同"愈"，更加。

⑩ 归念：归隐的念头。

⑪ 长年悲倦游：诗人多年以来就厌倦仕途，却没有归隐，以此而悲伤。

　　南北朝时期有位诗人名叫王籍，字文海，琅琊临沂（今山东省临沂市北）人。他因为一首《入若耶溪》享誉诗史。人们把他看作山水诗人谢灵运的接班人，称赞说："康乐之有王籍，如仲尼之有丘明，老聘之有庄周。"意思是说：谢灵运有了王籍，就像孔子有了左丘明、老子有了庄周一样后继有人。

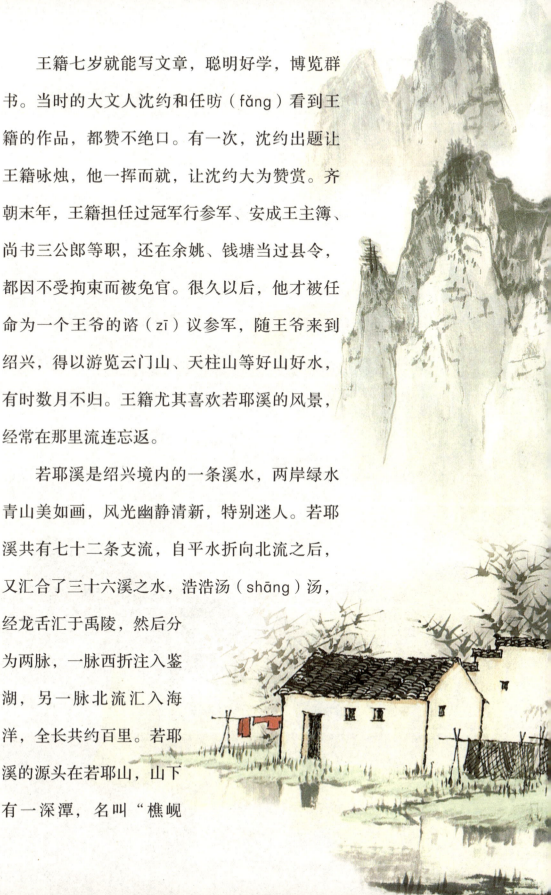

　　王籍七岁就能写文章，聪明好学，博览群书。当时的大文人沈约和任昉（fǎng）看到王籍的作品，都赞不绝口。有一次，沈约出题让王籍咏烛，他一挥而就，让沈约大为赞赏。齐朝末年，王籍担任过冠军行参军、安成王主簿、尚书三公郎等职，还在余姚、钱塘当过县令，都因不受拘束而被免官。很久以后，他才被任命为一个王爷的谘（zī）议参军，随王爷来到绍兴，得以游览云门山、天柱山等好山好水，有时数月不归。王籍尤其喜欢若耶溪的风景，经常在那里流连忘返。

　　若耶溪是绍兴境内的一条溪水，两岸绿水青山美如画，风光幽静清新，特别迷人。若耶溪共有七十二条支流，自平水折向北流之后，又汇合了三十六溪之水，浩浩汤（shāng）汤，经龙舌汇于禹陵，然后分为两脉，一脉西折注入鉴湖，另一脉北流汇入海洋，全长共约百里。若耶溪的源头在若耶山，山下有一深潭，名叫"樵岘

（xiàn）麻潭"。

王籍专门为若耶溪写了一首五言诗，就是这首《入若耶溪》：

> 艅艎何泛泛，空水共悠悠。
>
> 阴霞生远岫，阳景逐回流。
>
> 蝉噪林逾静，鸟鸣山更幽。
>
> 此地动归念，长年悲倦游。

这首诗描写了诗人乘坐大船逆流而上，游览若耶溪的情景，表达对自由自在生活的向往。其中"蝉噪林逾静，鸟鸣山更幽"的意思是：蝉声越高树林就显得越宁静，鸟鸣声越多就显得深山更幽静。王籍特意在"静"字前加了一个"逾"字，在"幽"字前加了一个"更"字，这就使"幽"和"静"分出层次，增加一份动感和活力，让诗的意境更加丰富和厚重。这两句诗历来被作为以动写静、以有

声写无声的范例。王籍也因为这两句诗被写进后世各种讨论诗歌技巧的书籍里。

宋代诗人王安石后来学习王籍的"鸟鸣山更幽"，也写了一句"一鸟不鸣山更幽"，却被同时代的诗人黄庭坚嘲笑了一番，说他是"点金成铁"。

写了《入若耶溪》后不久，王籍又被朝廷先后调任为中散大夫、安西府谘议参军、作塘县令等。令人遗憾的是，王籍作诗挺在行，当县令却实在不行。据说他根本不理县中政事，只是天天饮酒作乐，碰上有人告状，他便命令手下用鞭子把他们赶出去。这样做官，当然经常会被上级批评。不久，他便郁郁而终了。

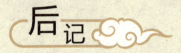

后记

祝福所有的孩子

高 昌

祝福所有的花朵
和花朵般美丽的笑容

祝福所有的露珠
和露珠般纯洁的心灵

祝福所有的翅膀
和翅膀般飞动的梦境

祝福所有的嫩芽
和嫩芽般新鲜的萌动

世界翘起了拇指
悄悄睁大惊奇的眼睛

生活张开了臂膀
紧紧拥抱彩色的黎明

多么美好的节日
每一滴泪珠都是水晶

多么快乐的时光
每一声呼唤都是深情

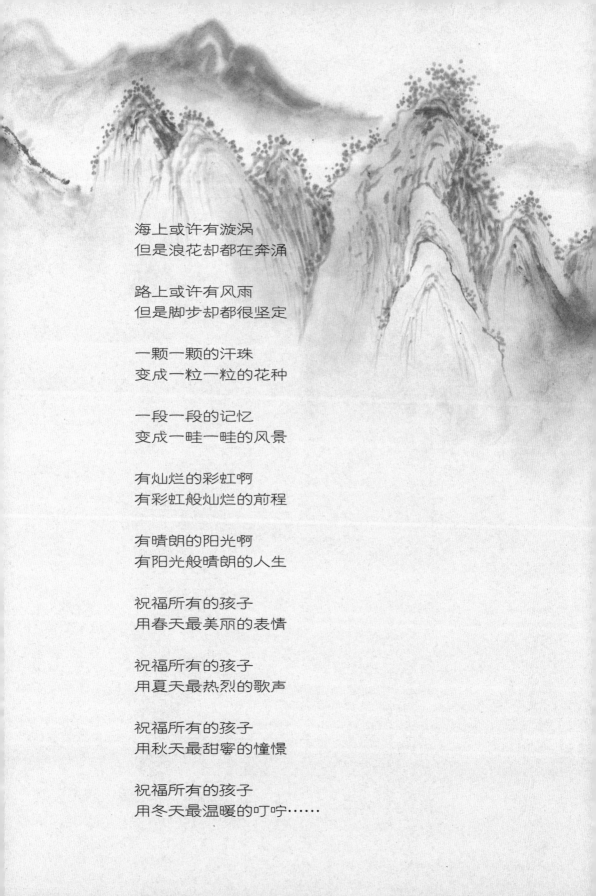

海上或许有漩涡
但是浪花却都在奔涌

路上或许有风雨
但是脚步却都很坚定

一颗一颗的汗珠
变成一粒一粒的花种

一段一段的记忆
变成一畦一畦的风景

有灿烂的彩虹啊
有彩虹般灿烂的前程

有晴朗的阳光啊
有阳光般晴朗的人生

祝福所有的孩子
用春天最美丽的表情

祝福所有的孩子
用夏天最热烈的歌声

祝福所有的孩子
用秋天最甜蜜的憧憬

祝福所有的孩子
用冬天最温暖的叮咛……